SECOND SPACE

第二空间

米沃什诗选

Czeslaw Milosz

[波兰] 切斯瓦夫·米沃什 / 著

周伟驰 / 译

南方出版传媒
花城出版社
中国·广州

图书在版编目（CIP）数据

第二空间：米沃什诗选 /（波）米沃什著；周伟驰译. -- 广州：花城出版社，2015.5
（蓝色东欧 / 高兴主编. 第3辑）
ISBN 978-7-5360-7447-7

Ⅰ.①第… Ⅱ.①米…②周… Ⅲ.①诗集－波兰－现代 Ⅳ.①I513.25

中国版本图书馆CIP数据核字(2015)第085588号

合同版权登记号：图字19－2013－180号
SECOND SPACE
Copyright © 2004，The Estate of Czeslaw Milosz
All rights reserved

出 版 人：	詹秀敏
丛书策划：	肖建国　朱燕玲　孙虹
出版统筹：	李倩倩
责任编辑：	李倩倩　欧阳佳子
技术编辑：	薛伟民　凌春梅
装帧设计：	棱角视觉 ANGULAR VISION

书　　名	第二空间：米沃什诗选 DIER KONGJIAN：MIWOSHI SHIXUAN
出版发行	花城出版社 （广州市环市东路水荫路11号）
经　　销	全国新华书店
印　　刷	恒美印务（广州）有限公司 （广州南沙经济技术开发区环市大道南路334号）
开　　本	880毫米×1230毫米　32开
印　　张	5.125　2插页
字　　数	145,800字
版　　次	2015年5月第1版　2015年5月第1次印刷
定　　价	24.00元

本书中文专有出版权归花城出版社独家所有，非经本社同意不得连载、摘编或复制。
如发现印装质量问题，请直接与印刷厂联系调换。
购书热线：020－37604658　37602954
欢迎登陆花城出版社网站：http://www.fcph.com.cn

第二空间

目　录
CONTENTS

记忆，阅读，另一种目光（总序）/ 高兴 / 1
米沃什晚期诗歌中的历史与形而上（中译本前言）/ 周伟驰 / 1

第一部分 / 第二空间 / 3
　　　　　　1　　晚熟 / 5
　　　　　　　　假如没有上帝 / 7
　　　　　　　　在克拉科夫 / 8
　　　　　　　　框架 / 10
　　　　　　　　维尔基 / 12
　　　　　　　　优势 / 14
　　　　　　　　教我手艺的一个师傅 / 16
　　　　　　　　一次停留 / 18
　　　　　　　　一个老妇人 / 19
　　　　　　　　同学 / 20
　　　　　　　　房客 / 23
　　　　　　　　守护天使 / 26
　　　　　　　　美丽的陌生人 / 27
　　　　　　　　贬低本性 / 29
　　　　　　　　我现在应该 / 32

高地 / 34

不适 / 35

倾听我 / 37

科学家们 / 38

商贩 / 39

保险柜 / 40

我 / 41

退化 / 43

新时代 / 44

眼睛 / 45

笔记本 / 47

多层次的人 / 50

第二部分 / 塞维利奴斯神父 / 53
51

第三部分 / 关于神学的论文 / 67
65

第四部分 / 学徒 / 99
97

第五部分 / 俄耳甫斯和欧律狄刻 / 125
123

记忆，阅读，另一种目光

(总序)

高兴

昆德拉说过："人的一生注定扎根于前十年中。"我想稍稍修改一下他的说法："人的一生注定扎根于童年和少年中。"童年和少年确定内心的基调，影响一生的基本走向。

不得不承认，二十世纪五六十年代出生的人都有着不同程度的俄罗斯情结和东欧情结。这与我们的成长有关，与我们的童年、少年和青春岁月有关。而那段岁月中，电影，尤其是露天电影又有着怎样重要的影响。那时，少有的几部外国电影便是最最好看的电影，它们大多来自东欧国家，几乎吸引了所有人的目光，是我们童年的节日。在某种意义上，甚至可以说，它们还是我们的艺术启蒙和人生启蒙，构成童年最温馨、最美好和最结实的部分。

还有电影中的台词和暗号。你怎能忘记那些台词和暗号。它们已成为我们青春的经典。最最难忘的是《瓦尔特保卫萨拉热窝》。"'空气在颤抖,仿佛天空在燃烧。''是啊,暴风雨来了。'""看,这座城市,它就是瓦尔特。"简直就是诗歌。是我们接触到的最初的诗歌。那么悲壮有力的诗歌。真正有震撼力的诗歌。诗歌,就这样和英雄主义和浪漫主义,紧紧地连接在了一道。

还有那些柔情的诗歌。裴多菲,爱明内斯库,密茨凯维奇。要知道,在二十世纪七八十年代,读到他们的诗句,绝对会有触电般的感觉。而所有这一切,似乎就浓缩成了几粒种子,在内心深处生根,发芽,成长为东欧情结之树。

然而,时过境迁,我们需要重新打量"东欧"以及"东欧文学"这一概念。严格来说,"东欧"是个政治概念,也是个历史概念。过去,它主要指波兰、捷克斯洛伐克、匈牙利、罗马尼亚、保加利亚、南斯拉夫、阿尔巴尼亚七个国家。因此,在当时,"东欧文学"也就是指上述七个国家的文学。这七个国家,加上原先的东德,都曾经是以苏联为首的华沙条约组织的成员。

一九八九年底,东欧发生剧变。此后,苏联解体,华沙条约组织解散,捷克和斯洛伐克分离,南斯拉夫各共和国相继独立,所有这些都在不断改变着"东欧"这一概念。而实际情况是,波兰、捷克、匈牙利、罗马尼亚等国家甚至都不再愿意被称为东欧国家,它们更愿意被称为中欧或中南欧国家。同样,不少上述国家的作家也竭力抵制和否定这一概念。在他们看来,东欧是个高度政治化、笼统化的概念,对文学定位和评判,不太有利。这是一种微妙的姿态。在这种姿态中,民族自尊心也发挥着不可估量的作用。

但在中国,"东欧"和"东欧文学"这一概念早已深入人心,有广泛的群众和读者基础,有一定的号召力和亲和力。因此,继续使用"东欧"和"东欧文学"这一概念,我觉得无可厚非,有利于研究、译介和推广这些特定国家的文学作品。事实上,欧美一些大学、研究中心也还在继续使用这一概念。只不过，今日，当我们提到这一概念，涉及的就不仅仅是七个国家，而应该包含更多的国家：立陶宛、摩尔多瓦等独联体国家，还有波黑、克罗地亚、斯洛文尼亚、塞尔维亚、黑山等从南斯拉夫联盟独立出来的国家。我们之所以还能把它们作为一个整体来谈论，是因为它们有着太多的共同点：都是欧洲弱小国家，历史上都曾不断遭受侵略、瓜分、吞并和异族统治，都曾把民族复兴当作最高目标，都是到了十九世纪末二十世纪初才相继获得独立，或得到统一，第二次世界大战后都走过一段相同或相似的社会主义道路，一九八九年后又相继推翻了共产党政权，走上了资本主义发展道路。之后，又几乎都把加入北约、进入欧盟当作国家政策的重中之重。这二十年来，发展得都不太顺当，作家和文学都陷入不同程度的困境。用饱经风雨、饱经磨难来形容这些国家，十分恰当。

　　换一个角度，侵略，瓜分，异族统治，动荡，迁徙，这一切同时也意味着方方面面的影响和交融。甚至可以说，影响和交融，是东欧文化和文学的两个关键词。看一看布拉格吧。生长在布拉格的捷克著名小说家伊凡·克里玛，在谈到自己的城市时，有一种掩饰不住的骄傲："这是一个神秘的和令人兴奋的城市，有着数十年甚至几个世纪生活在一起的三种文化优异的和富有刺激性的混合，从而创造了一种激发人们创造的空气，即捷克、德国和犹太文化。"[1]

　　克里玛又借用被他称作"说德语的布拉格人"乌兹迪尔的笔为我们描绘了一个形象的、感性的、有声有色的布拉格。这是一个具有超民族性的神秘的世界。在这里，你很容易成为一个世界主义者。这里有幽静的小巷、热闹的夜总会、露天舞台、剧院和形形色色的小餐馆、小店铺、小咖啡屋和小酒店。还有无数学生社团和文艺沙龙。自然也有五花八门的妓院和赌场。布拉格是敞开的，是包容的，是休闲的，是艺术的，是世俗的，有时还是颓废的。

---

[1]　见伊凡·克里玛《布拉格精神》第44页，崔卫平译，作家出版社1998年版。

布拉格也是一个有着无数伤口的城市。战争、暴力、流亡、占领、起义、颠覆、出卖和解放充满了这个城市的历史。饱经磨难和沧桑，却依然存在，且魅力不减，用克里玛的话说，那是因为它非常结实，有罕见的从灾难中重新恢复的能力，有不屈不挠同时又灵活善变的精神。如果要用一个词来形容布拉格的话，克里玛觉得就是：悖谬。悖谬是布拉格的精神。

或许悖谬恰恰是艺术的福音，是艺术的全部深刻所在。要不然从这里怎会走出如此众多的杰出人物：德沃夏克，雅那切克，斯美塔那，哈谢克，卡夫卡，布洛德，里尔克，塞弗尔特，等等。这一大串的名字就足以让我们对这座中欧古城表示敬意。

布拉格如此，萨拉热窝、华沙、布加勒斯特、克拉科夫、布达佩斯等众多东欧城市，均如此。走进这些城市，你都会看到一道道影响和交融的影子。

在影响和交融中，确立并发出自己的声音，十分重要。不少东欧作家为此做出了开拓性和创造性的贡献。我们不妨将哈谢克和贡布罗维奇当作两个案例，稍加分析。

说到捷克作家哈谢克，我们会想起他的代表作《好兵帅克》。以往，谈论这部作品，人们往往仅仅停留于政治性评价。这不够全面，也容易流于庸俗。《好兵帅克》几乎没有什么中心情节，有的只是一堆零碎的琐事，有的只是帅克闹出的一个又一个的乱子，有的只是幽默和讽刺。可以说，幽默和讽刺是哈谢克的基本语调。正是在幽默和讽刺中，战争变成了一个喜剧大舞台，帅克变成了一个喜剧大明星，一个典型的"反英雄"。看得出，哈谢克在写帅克的时候，并没有考虑什么文学的严肃性。很大程度上，他恰恰要打破文学的严肃性和神圣感。他就想让大家哈哈一笑。至于笑过之后的感悟，那就是读者自己的事情了。这种轻松的姿态反而让他彻底放开了。借用帅克这一人物，哈谢克把皇帝、奥匈帝国、密探、将军、走狗等等统统给骂了。他骂得很过瘾，很解气，很痛快。读者，尤其是捷克读者，读得也很过瘾，很解气，很痛快。幽默和讽刺于是又变成了一件有力的武器，特别适用于捷克这么一个弱小的民族。哈谢克最大的贡献也正在于此：为捷克民族和捷克文学找到了一种声音，确立了一种传统。

而波兰作家贡布罗维奇与哈谢克不同，恰恰是以反传统而引起世人瞩目的。他坚决主张让文学独立自主。在二十世纪三四十年代，贡布罗维奇的作品在波兰文坛显得格外怪异离谱，他的文字往往夸张扭曲，人物常常是漫画式的，他们随时都受到外界的侵扰和威胁，内心充满了不安和恐惧，像一群长不大的孩子。作家并不依靠完整的故事情节，而是主要通过人物荒诞怪僻的行为，表现社会的混乱、荒谬和丑恶，表现外部世界对人性的影响和摧残，表现人类的无奈和异化以及人际关系的异常和紧张。长篇小说《费尔迪杜凯》就充分体现出了他的艺术个性和创作特色。

捷克的赫拉巴尔、昆德拉、克里玛、霍朗，波兰的米沃什、赫贝特、希姆博尔斯卡，罗马尼亚的埃里亚德、索雷斯库、齐奥朗，匈牙利的凯尔泰斯、艾什特哈兹，塞尔维亚的帕维奇、波帕，阿尔巴尼亚的卡达莱……如此具有独特风格和魅力的当代东欧作家实在是不胜枚举。

某种程度上，东欧曾经高度政治化的现实，以及多灾多难的痛苦经历，恰好为文学和文学家提供了特别的土壤。没有捷克经历，昆德拉不可能成为现在的昆德拉，不可能写出《可笑的爱》《玩笑》《不朽》和《难以承受的存在之轻》这样独特的杰作。没有波兰经历，米沃什也不可能成为我们所熟悉的将道德感同诗意紧密融合的诗歌大师。但另一方面，需要注意的是，由于语言的局限以及话语权的控制，东欧文学也极易被涂上浓郁的意识形态色彩。应该承认，恰恰是意识形态色彩成全了不少作家的声名。昆德拉如此。卡达莱如此。马内阿如此。赫尔塔·米勒亦如此。我们在阅读和研究这些作家时，需要格外地警惕。过分地强调政治性，有可能会忽略他们的艺术性和丰富性。而过分地强调艺术性，又有可能会看不到他们的政治性和复杂性。如何客观地、准确地认识和评价他们，同样需要我们的敏感和平衡。

一个美国作家，一个英国作家，或一个法国作家，在写出一部作品时，就已自然而然地拥有了世界各地广大的读者，因而，不管自觉与否，他，或她，很容易获得一种语言和心理上的优越感和骄傲感。这种感觉东欧作家难以体会。有抱负的东欧作家往往会生出一种紧迫感和危机感。他们要用尽全力将弱势转化为优势。昆德拉就反复强调，身处小国，你"要么做一个可怜的、眼光狭窄的人"，要么成为一个广闻博识的"世界性的人"。别无选择，有时，恰恰是最好的选择。因此，东欧作家大多会自觉地"同其他诗人，其他世界，和其他传统相遇"（萨拉蒙语）。昆德拉、米沃什、齐奥朗、贡布罗维奇、赫贝特、卡达莱、萨拉蒙等等东欧作家都最终成为"世界性的人"。

关注东欧文学，我们会发现，不少作家，基本上，都在出走后，都在定居那些发达国家后，才获得一定的国际声誉。贡布罗维奇、昆德拉、齐奥朗、埃里亚德、扎加耶夫斯基、米沃什、马内阿、史沃克莱茨基等等都属于这样的情形。各种各样的原因，让他们选择了出走。生活和写作环境、意识形态原因、文学抱负、机缘等，都有。再说，东欧国家都是小国，读者有限，天地有限。

在走和留之间，这基本上是所有东欧作家都会面临的问题。因此，我们谈论东欧文学，实际上，也就是在谈论两部分东欧文学：海外东欧文学和本土东欧文学。它们缺一不可，已成为一种事实。

在我国，东欧文学译介一直处于某种"非正常状态"。正是由于这种"非正常状态"，在很长一段岁月里，东欧文学被染上了太多的艺术之外的色彩。直至今日，东欧文学还依然更多地让人想到那些红色经典。阿尔巴尼亚的反法西斯电影，捷克作家伏契克的《绞刑架下的报告》，保加利亚的革命文学，都是典型的例子。红色经典当然是东欧文学的组成部分，这毫无疑义。我个人阅读某些红色经典作品时，曾深受感动。但需要指出的是，红色经典并不是东欧文学的全部。若认为红色经典就能代表东欧文学,那实在是种误解和误导,是对东欧文学的狭隘理解和片面认识。因此,用艺术目光重新打量、重新梳理东欧文学已成为一种必须。为了更加客观、全面地翻译和介绍东欧文学,突出东欧文学的艺术性,有必要颠覆一下这一概念。蓝色是流经东欧不少国家的多瑙河的颜色,也是大海和天空的颜色,有广阔和博大的意味。"蓝色东欧"正是旨在让读者看到另一种色彩的东欧文学,看到更加广阔和博大的东欧文学。

二〇一三年十月三十一日定稿于北京

主编简介:高兴,诗人、翻译家,一九六三年出生于江苏省吴江市。中国作家协会会员。现为中国社会科学院外国文学研究所研究员,《世界文学》主编。曾以作家、翻译家、外交官和访问学者身份游历过欧美数十个国家。出版过《米兰·昆德拉传》《东欧文学大花园》《布拉格,那蓝雨中的石子路》等专著和随笔集;主编过《二十世纪外国短篇小说编年·美国卷》(上、下册)、《伊凡·克里玛作品系列》(5卷)、《水怎样开始演奏》、《诗歌中的诗歌》、《小说中的小说》(2卷)等大型图书。主要译著有《梵高》《黛西·米勒》《雅克和他的主人》《可笑的爱》《安娜·布兰迪亚娜诗选》《我的初恋》《索雷斯库诗选》《梦幻宫殿》《托马斯·温茨洛瓦诗选》等。

米沃什晚期诗歌中的历史与形而上

（中译本前言）

周伟驰

米沃什（1911—2004）是一位长寿的诗人，活了九十三岁，获得过一九八〇年诺贝尔文学奖，真正算得上"圆善"——德福合一了。天主教徒与长寿的关系，曾有搞宗教的学者做过专门研究，大概跟定期的告解有关——它有助于纾缓现代人常有的焦虑。是啊，既然把一切忧愁痛苦都交给天主了，一个人怎能不心情舒泰呢？米沃什晚年一首小诗《礼物》，颇有陶渊明"悠然见南山"的逸趣，当是其身心惬洽的写照。

米沃什来自波兰（更准确点是立陶宛）这个传统的天主教国家。可是他跟天主教的关系如何，似乎未见专文写过。中国诗人译米沃什，大都对他的东欧经验感兴趣，这是情境相似引发的共鸣。可是翻译欧洲诗人，如果不了解他们背后的宗教传统，到底是隔靴搔痒，难有深契，只能看到一些政治、技艺类的形而下。这就好比一个外国译者翻陶渊明或杜甫，如果他对于儒道不了解，就只能做字句或意象的对译，却难以译出文字背后的精义。

米沃什是一个多层次多侧面的诗人兼思想家，空间上跨了东欧、西欧和美国，制度上跨了纳粹主义、社会主义和资本主义，时间上跨了整个"极端的年代"，他本身就是一部活生生的二十世纪西方史。他的诗多是直抒胸臆，行云流水，对内容的关注胜过了对语言的在乎（这也是他一贯坚持的，尽管他的诗各体完备），因此在技法上他或许不如希姆博尔斯卡、赫贝特，但是在历史的沧桑感上，在文明视野的宽广上，在胸怀的博大上，却可说是略胜一筹。

《第二空间——米沃什诗选》①（后简称为《第二空间》）是米沃什晚年——不，应该说是"高年"——时期的诗集，是他去世那年出版的，写作时诗人已逾九十岁。这无疑打破了叶芝、哈代、沃伦的纪录。

米沃什在诗里写了些什么呢？这跟一个高龄诗人面临的迫切的问题有关：他必然思考"生死"这个宗教核心问题，顺带牵出时间、生活的意义、写作的意义，乃至神学问题。所以我们不要奇怪，诗集大部分的诗都跟神学搅在一起，有一首就干脆以"关于神学的论文"作题。

诗集分为五个部分。第一部分是二十八首短诗，哀叹老年已至，从前身边的同龄人和曾经爱慕过的美人都已消逝无踪，他们的事迹荡然无存，无人记忆，作者自己也垂垂老矣，身心不一（身体不听大脑指挥），唯有在回忆中度日，在记忆中穿梭。回顾一生，作者对于"自我"发生了疑问：镜中人到底是谁？一生的经历到底值不值得？自己到底是天使还是动物？上帝到底有没有，现代人不信上帝会导致何等后果？进化论的后果为何？人死之后到底有何归宿？《第二空

---

① 该书英文版由（波兰）切斯瓦夫·米沃什和（美国）罗伯特·哈斯合译。

间》这首标题诗，就点明了这整本诗集的主旨：

> 我们真的对那别一个空间失却了信心？
> 天堂和地狱，都永远地消逝了？
>
> 若无超凡的牧场，如何得到拯救？
> 被定罪的，到哪里找到合适的住所？
>
> 让我们哭泣罢，哀恸损失的浩大。
> 让我们用煤渣把脸擦脏，再蓬乱头发。
>
> 让我们哀求把它还给我们：
> 那第二空间。

　　用煤渣撒头发，这是《旧约》中犹太人表达哀恸绝望的方式。如《约伯记》第二章记载，约伯受上帝考验，浑身长满毒疮。他的三个朋友来看望他，为他悲伤，安慰他。他们远远地举目观看，认不出他来，就放声大哭。各人撕裂外袍，把尘土向天扬起来，落在自己的头上。

　　米沃什这是在哀叹现代西方人渐趋于有形无形的无神论，有形的无神论好理解，无形的无神论指什么？指对宗教问题根本不关心、不在乎，它比有形的更具杀伤力——起码后者还关心这个议题！在另一首短诗《假如没有上帝》里，米沃什更道出了他对于上帝的态度：

> 假如没有上帝，
> 人也不是什么事都可以做。
> 他仍旧是他兄弟的照顾者，
> 他不能让他的兄弟忧愁，
> 说并没有上帝。

3

我们知道，对于欧洲人来说，如陀思妥耶夫斯基所问，没有了上帝，人怎么办呢？岂不是什么都可以做了？欧洲人没有宋明理学"天理"的概念，故有这样的问题提出。米沃什的态度看来跟孔子有点类似：即使上帝不存在，你也不能说，否则你显得多么残忍啊！还是遵照传统的仪式吧！祭神如神在就好了。在《不适》里他说：

> 我尊重宗教，因为在这个痛苦的地球上
> 它乃是一首送葬的、抚慰人心的歌。

对于进化论和现代科学，米沃什的态度跟上面这首短诗《假如没有上帝》一致。在《科学家们》一诗里，他写道：

> 查尔斯·达尔文
> 在公开他的——如其所说，恶魔式的理论时，
> 至少有良心的痛楚。
> 而他们呢？说到底，他们的观念是这样的：
> 把老鼠隔离在不同的笼子里。
> 把人类隔离开来，把他们自己的同类
> 当作遗传学的浪费一笔画掉，毒死他们。

在别的地方他也反对进化论，认为它把人拉低到动物的水平，而忘记了人的神性来源和道德来源（人是上帝的形象），对于现代大屠杀一类的事终究是有责任的。对于欧洲现代人来说，既然传统的以上帝为依托的世界观不复存在了，便以形形色色的人本主义和自然主义、科学主义世界观来取而代之。纳粹之种族主义、优生学就是一个典型例子，它最终导致了将人视为物，单纯从进化得失去看问题和处理问题，而使得欧洲伦理堕落，发生了二战中"屠犹"这类惨无人道的种族大灭绝。

我相信米沃什对待上帝和基督教的态度是一种现代欧洲人的矛盾、尴尬和犹豫的态度：一方面他们的大脑告诉他们，上帝难以被证实存在；另一方面他们的意志告诉他们，不能没有上帝，没有上帝就什么都没有，只有虚无了。在这种情况下，他们就发展出了一种神圣的悖论，用庄子《齐物论》中的话说，"吊诡"。这在陀思妥耶夫斯基和克尔凯郭尔那里有突出表现，在米沃什这里也不例外。在《倾听我》这首诗里，诗人说：

倾听我，主啊，因为我是一个罪人，这就是说除了祷告我什么也没有。
保护我远离江郎才尽和无能为力的日子。
当无论是燕子的飞行，还是花市上的牡丹花、水仙花和鸢尾花，都不再是你荣耀的象征。
当我将被嘲笑者包围，无力反驳他们的证据，记起你的任何一个奇迹。
当我将在自己看来成为一个冒名顶替者和骗子，因我参加宗教仪式。
当我将指责你创立了死亡普遍的规律。
当我最终准备向虚无低头，将尘世的生活称作一个恶魔的杂耍。

这就是一个眷恋着基督教传统的现代欧洲知识分子的心脑矛盾。它终归和纯粹的无神论人文主义者不同，也跟恪守信仰不做反思的基要派不同。这是一种"吊诡"的精神生活。

第二部分名为《塞维利奴斯神父》，是以一个自认为"没有信仰"的神父的眼光来看终极关怀和基督教的问题。在他看来——

人们不过是节日里的牵线木偶，在虚无的边缘跳舞。

  十字架上强加给人子的折磨

  之所以发生，不过是为了让世界显出它的冷漠。

  在他看来，西方人满世界地传教，甚至乘着太空船向外星球传教，但到头来，"他（耶稣）的肉体，横伸在耻辱柱上，/遭受着真实的折磨，关于这我们每天都试着忘记"。很多人上教堂只是出于形式，是表面功夫："说真的，他们又信又不信。/他们去教堂，免得有人以为他们不信神。/神父讲道时他们想着朱利娅的奶头，想着一头大象，/想着黄油的价格，想着新几内亚。"作为神父，塞维利奴斯虽然穿着法袍，却并没有底气——

  我的长袍，属于神父和告解者，
  恰好用来包裹我的忐忑和恐惧。
  我们是不一贯的人。
  我嫉妒群众在世界里的安定。

  我感到自己是一个孩子在教导成年人，
  给出劝告像纸做的大坝对着狂暴的溪流。

  作为天主教神父，神人之间的中介，他们的工作时时要遭到信众的怀疑（宗教改革派就取消了神父这一中介），饱受失业的威胁。对于神学中的难题，如三位一体、原罪，这位神父认为君士坦丁皇帝用权力干涉教义，使得后世的人代代都要受折磨，历史充满戏剧性的反讽。现代人再也不信地狱，但是来告解的人里面，如利奥尼亚，还是相信的（出于良心的公平潜意识？）。

  我认为这首长诗中，最出色的要算这么一段：

  假若所有这些都只是

人类关于自己的一场梦呢?
而我们基督徒
只是在一场梦里梦见了我们的梦?

诗人长期在加州工作和居住,对于东方哲学自不陌生(他编的世界诗选中选了大量的中国古诗),对于佛教、印度教乃至庄子的"庄周梦蝶"和"大圣梦"都不会陌生,它们所透现出的非实在论(佛教梦幻泡影喻不用多说了,以商羯罗为代表的不二论视世界为梦幻亦有传统)对于西方神哲学实在论构成了很大的冲击,引起诗人的反思。现代西方对于尘世之"变"的关注,使得西方哲学开始摆脱"永恒"理念世界而领略到"幻"的滋味,叔本华直接从印度哲学获益,尼采则亦回到赫拉克利特"变"的哲学,这种潮流在诗人那里也有鲜明的体现,如受柏格森影响的马查多,亦对于东方哲学有所体会①。米沃什无疑对这种哲学有所意识。但他仍在摇摆之中,他的情感和意志仍旧使他感觉到需要一个实在论的上帝,以及实在论的天堂和地狱("第二空间"),来保证在二十世纪西方备受摧残的人的价值、尊严和人类生活的意义。因此,他才会借塞维利奴斯神父之口说:

主啊,你的临在是如此真实,比任何论证更有分量。

在我颈上和我肩上,我感到你温暖的呼吸。

我想要忘记神学家们创造出来的精巧的宫殿。
你不经营形而上学。

这里意志战胜了理性,虽然理性无法论证一个上帝,但是意志和

---

① 见周伟驰《马查多的河流、大海和梦中梦》,《文景》2010 年 1、2 月合刊。

情感体会到了并且极其需要一个上帝。这里"理智与情感"的冲突更加剧烈了。我们感到在陀思妥耶夫斯基《卡拉马佐夫兄弟》中的伊凡和阿廖沙的矛盾。

第三部分是一首原文近五百行的长诗《关于神学的论文》。作者思考了恶的来源问题、神正论问题、原罪问题、进化论、神迹问题等。作者自认为是"一个信仰微弱的人","一天信,一天不信"。但是奇怪的是,他喜欢跟祷告的人们在一起,觉得温暖,"自然,我是一个怀疑主义者。但我跟他们一起唱,/于是克服了存在于/我的私人宗教和仪式宗教之间的矛盾。"这首诗是米沃什晚年写的最长的诗之一,是对他在宗教问题上的矛盾心态、心脑冲突及解决办法的一个尝试。

第四部分《学徒》是写他的一个很有名的堂兄奥斯卡·米沃什(1877—1939),他生在波兰但在巴黎读完中学,后来成为一个诗人兼神秘主义哲学家,亦曾在一战后为争取陶宛独立而出谋划策,并提出过"欧洲合众国"的构想。他曾经在二战发生十年之前(1929年)就预见到德国人将在波兰和东普鲁士之间的走廊地带发动战争,他

> 警告一场大战正骑在末日大劫的红马上
> 迫近,一场大战将从格但斯克和格丁尼亚开始。

这里"红马"的形象来自《启示录》6:3～4,"揭开第二印的时候,我听见第二个活物说:'你来!'就另有一匹马出来,是红的,有权柄给了那骑马的,可以从地上夺去太平,使人彼此相杀,又有一把大刀赐给他"。据米沃什的研究,奥斯卡之所以预见到德国将发动战争,是因为他认为德国人的民主只是肤浅的表面功夫(魏玛共和国),未深及精神,不是真正的民主。也许这背后奥斯卡有他的理路——比如,德国人做不到英美的民主制度也许跟他们的整体主义的

世界观有关？或跟他们的民族主义精神太强大有关？——但是米沃什没有提及，这就有待将来的人们的研究了。

奥斯卡的一些思想（如神学异端思想，如世界有一个开端的想法，后者类似于今天的"大爆炸理论"）和作品（如关于唐璜原型、西班牙人米格尔·马纳拉的戏剧），对米沃什有很深的影响。米沃什年轻时钟爱瑞典神秘主义哲学家史维登堡，也与他有关。诗名《学徒》的意思来自于第八章中所说的"我不过是一个炼金术师父的学徒"，暗示作者以堂兄奥斯卡为师父，也像他的堂兄一样，继承了欧洲历史上形形色色的神秘主义派别的精神。这首长诗原文连诗带注，达三十页，占了《第二空间》这本集子近三分之一的篇幅，不只较为详细地记叙了奥斯卡的生平活动、传奇故事、创作与创见，以及米沃什本人跟奥斯卡的精神上的交织，更难得的是通过叙述米沃什家族的历史，折射出更为广阔的立陶宛、波兰乃至近代欧洲的历史变迁，米沃什作为一位"从心所欲而不逾矩"的诗人和思想家，夹叙夹议，融情感与理性于一炉，将历史沧桑感和个人命运糅合进同一景框（如第二章写作者跟威尼斯的关系，数行之内就提及在那里埋葬或待过的拜伦、布罗茨基、庞德、奥斯卡），起点就已迥异寻常诗人。

> 我常常想到威尼斯，它回旋着就像一个音乐主题，
> 从我战前第一次到访，
> 在丽多岛海滩上看到
> 以德国女孩面孔出现的女神戴安娜，
> 直到上次，在我们埋葬了约瑟夫·布罗茨基之后，
> 在莫切尼哥酒店宴饮，那里
> 曾是拜伦爵士居停之地。
> 在圣马可广场上有咖啡店的坐椅。
> 那是孤独的漫游者奥斯卡·米沃什
> 在一九〇九年面对宣判之地：

>　　他看到了他一生的爱，艾米·冯·海涅·杰尔顿，
>　　直到他死他都称呼她"我至爱的妻子"，
>　　她嫁给了男爵利奥·萨尔沃提·冯·艾辛克拉夫特·冯特·
>　　宾登堡
>　　并于世纪后半叶死于维也纳。

　　一个普通的游客到威尼斯，见到的也许只是教堂、广场和房屋、贡多拉和海水，即使知道一些历史掌故，也只是空泛的"知识"，并无切身的感受。而米沃什在这里写得多么具体、切身、简略、有力！布罗茨基是米沃什亲密的小辈诗友，英年早逝，奥斯卡是他的堂兄兼精神导师，爱情不幸，再远推至庞德、拜伦往事，威尼斯的历史突然加速度地变厚变重变沉，这是何等的个人沧桑、家族沧桑、诗歌沧桑和历史沧桑。如果要说出读米沃什诗的感受跟读别的诗人的诗的感受的不同，那也许就是通过这种历史的沧桑感透显出的"永恒"的视角！正如米沃什在这首诗的第五章所说，奥斯卡的"神圣之光变质为物质之光"的思想，或神秘闪光同时诞生了时间、空间和物质的思想，使他的诗歌发生了改变：

>　　这多么巨大地改变了我的诗！它们是对时间的沉思
>　　自那一刻起，在时间的沉思背后，永恒开始泄露。

　　正是这种"永恒"的视角，使"永恒"在时间、空间和物质的局限中得以隐约透露，使米沃什的诗具有了一种非凡的高度和品质。
　　由于奥斯卡跟神秘主义、神学有着紧密的关系，因此作者亦追步至神哲学思考——甚至关于三位一体的奥秘，思考天主教乃至基督教之衰落、世俗哲学之兴起与二十世纪之血腥史之间的关联。作者关于自己的使命，乃在于通过诗歌创作反对时代的"腔调和风格"，恢复"等级感"，恢复"敬畏"的精神（见这首长诗的第九章）。在这方

面，他是视堂兄奥斯卡为自己的先驱的。正如米沃什在第八章的注记里所说："我在高中时的宗教危机使我丧失了对波兰天主教的安全的信仰，让我走上了寻求之路。在这寻求之中，奥斯卡的指引虽不是排他的，也是相当重要的。"目前，关于奥斯卡本人的研究在学术界也已逐步展开，米沃什的这首长诗加注可以说树立了一个典范。

第五部分为一首长诗《俄耳甫斯和欧律狄刻》，说的是古希腊神话中俄耳甫斯下地府救其亡妻欧律狄刻回到阳世，最终因回头望她而功败垂成的故事。从技法上来说，这首诗是这本诗集中最完整和最高超的（不乏戏剧独白），诗里融现代与神话于一炉，比如说俄耳甫斯乘电梯下地府，周围有车灯刺眼，使读者怀疑这实际上是在写他们自己的灵性经历。

  站立在冥府入口处人行道的石板上
  俄耳甫斯在一阵狂风里弓着背
  这风撕扯着他的外衣，在阵阵雾气里翻滚，
  摇晃着树的叶子。汽车的前灯
  在不绝的雾涛里一时闪耀，一时黯淡。

  他停在了玻璃门前，把不准
  自己是否强大得足以通过那场终极试炼。

  …………
  他推开门，发现走进了一座迷宫，
  到处是长廊和电梯。铅色的光不是光而是大地的黑暗。
  电子狗无声地掠过。
  他下降了许多层，一百层，三百层。

这样的写法，哪里还是对希腊神话的复写呢？这完全已经是后现代版本的魔幻现实主义了。

可是，在诗里仍然不乏但丁《神曲》式的中世纪情景，它们使我们想起来，古今即为一体。

> 成群的幽灵围绕着他。
> 他辨认出了其中的一些面孔。
> 他感受到了血流的节奏。
> 他强烈地感受到了他的生命及其罪过
> 害怕碰到那些他伤害过的人。
> 但他们早已失去了记忆的能力
> 只是给予他漠然的一瞥。

最后面的两句，提醒着忘川的效力（用我们的话说，就是喝了孟婆汤了），也令人想到，这岂不就是从《神曲》中化来的吗？

冥后请赫尔墨斯带着欧律狄刻，跟在俄耳甫斯后面——条件是俄耳甫斯不得回头观望她是不是在后面，否则她就不在了。（这又令人想起罗得之妻回望变成盐柱的故事，这两个故事，是否有同一个原型呢？）神话的叙述粗枝大叶，到米沃什这里就具体可感了。他让赫尔墨斯带着欧律狄刻，而且，这个神仙还穿着一双凉鞋！在一片漆黑中，俄耳甫斯能听到的声音就是：

> 这样他们就出发了。他在先，然后不远处，
> 是神的凉鞋拍地的声音，和她那被尸衣般的长袍
> 拘束的双脚发出的轻微的嗒嗒声。

照理说，俄耳甫斯听得到这声音，确信他们是在他的身后跟着的。可是：

> 他会停下来谛听。但马上
> 他们也会停下来，于是回声消逝了。
> 而当他走动，后面双重的脚步声也会重新响起。
> 有时似乎近一点，有时又似乎远一些。
> 在他的信念里冒出了一丝怀疑
> 纠结着他像冷冷的杂草。
> 他本不能哭，却为人类丧失了对
> 死者复活的盼望而哭，
> 因为现在他跟所有的有死者一样。
> 他的竖琴沉默了，他却仍在梦想，毫无防备。
> 他清楚他必须有信仰，但他却不能有信仰。
> 因此他才会坚持很长的时间，
> 在半睡半醒之际点数着自己的脚步。

这样，经过米沃什的改写，俄耳甫斯下冥府救亡妻的希腊神话就变成了一个现代西方基督徒的"他清楚他必须有信仰，但他却不能有信仰"的挣扎版"天路历程"。在将希腊元素、基督教元素和当代元素结合起来上，米沃什确实做得很到位。我能想到的另一个大家，就是以色列的阿米亥了。

对米沃什每首诗的理解，除了就它自身、就它与诗集中其他诗的关系来看之外，还应将它放在诗人的整体创作中来把握。米沃什是一个著作等身的诗人和思想家，目前光是译为中文的，据笔者所知，就已有《拆散的笔记簿》①、《切·米沃什诗选》②、《米

---

① 切斯瓦夫·米沃什《拆散的笔记簿》，绿原译，漓江出版社1989年版。
② 切斯瓦夫·米沃什《切·米沃什诗选》，张曙光译，河北教育出版社2002年版。

沃什词典》①、《诗的见证》②、《被禁锢的头脑》③等。

米沃什《第二空间》中的一些内容,也跟他以往的著作形成交集。比如,在《学徒》中他提到他跟奥斯卡一样是共济会这一类秘传知识团体的继承人。在《米沃什词典》第一条"阿布拉莫维奇"他就谈及他少年时代成长的城市维尔诺(或称维尔纽斯)④有共济会的传统、遗存和影响。在 Beginning with My Streets⑤ 的第一章(跟书名一样),他以各种形式详细回忆和描述了他少年时代的维尔诺,它的风土人情和历史。在他获诺奖后在哈佛大学的讲座稿《诗的见证》第二章"诗人与人类大家庭"中,他专门讨论了奥斯卡的诗歌观念。奥斯卡反对当时法国的"纯诗"观念。米沃什说,奥斯卡"瞧不起那种'把宗教、哲学、科学和政治从诗歌领域中排斥出去的诗'"⑥,奥斯卡认为未来的诗歌应该是这样的:"新诗歌的形式最大的可能性,是《圣经》的形式,一种被强力灌输进韵文的广阔散文。"⑦米沃什的诗歌形式就是这种"广阔散文"的一个充分实现。奥斯卡对"纯诗"及其"为艺术而艺术"观念的反对,深深地影响了米沃什,他的诗无不是直接或间接的历史经验,正如他所说:"一个波兰诗人无论住在哪里,其真正寓所是他国家的历史……因为他并不是通过空想去揭示人的条件,而是在某个时代、某个地域范围实现这一意

---

① 切斯瓦夫·米沃什《米沃什词典》,西川、北塔译,三联书店2004年版。
② 切斯瓦夫·米沃什《诗的见证》,黄灿然译,广西师范大学出版社2011年版。
③ 切斯瓦夫·米沃什《被禁锢的头脑》,乌兰、易丽君译,广西师范大学出版社2013年版。
④ 地名,立陶宛首都,1958年前称"维尔诺"。
⑤ Milosz, Czeslaw, Levin, Madeline G. *Beginning with My Streets*, Farrar Straus Giroux, New York, 1991.
⑥ 见法国《文学杂志》1987年10月号上的《历史、现实与诗人的探索——访谈录》,载于王家新、沈睿编选《二十世纪外国重要诗人如是说》第459页,河南人民出版社1992年版。
⑦ 见切斯瓦夫·米沃什《诗的见证》第45页,黄灿然译,广西师范大学出版社2011年版。

图的。"① 就奥斯卡跟诗歌、宗教神秘主义和哲学等融为一炉，跟早他一百年的布莱克一样，都是受史维登堡乃至新教改革后一直弥漫在欧洲的千禧年主义情绪感染，认为诗歌应该跟末世论相关联才有意义②。饶有意味的是，米沃什还将欧洲的这种末世论诗歌传统跟中国做了对比，认为也许在中国没有这种整体主义的诗歌写作，诗歌存在着另外的可能③。其实这种差异的背后是中国的诗歌创作是儒道释传统，末世论的维度是几乎没有的，因此我们的诗歌（特别是山水诗）呈现出另外一种完全不同的意境。

米沃什在《学徒》第九章写道："我观察我时代的腔调和风格／为了在我母语的诗歌里反对它，／这意味着不许它丧失等级感／而等级意味着一个孩子所意味的：／一种敬重，而不是一系列出现又消失的偶像。"这也令人想起他在诺贝尔文学奖受奖演说里所说的话："我从他（奥斯卡）那里学到很多东西。他使我对新旧约的信仰有更深刻的认识，谆谆教导我在一切心灵事物中，包括属于艺术的一切事物，要有一个严格的、苦行主义的等级制度，他认为在这些事物中，如果把二等品等同于一等品，就是一种极大的罪过。"④ 如果说民主和平等在政治领域、经济领域是一种近代以来具有最大感召力的"应当"，在心智领域（哲学、文学、艺术、诗歌）的后现代主义式的"民主"和"平等"的"狂欢"却正在堕落成为一种灾难，良莠不齐、鱼目混珠、美丑不分，在这个时代，如何在审美领域（如诗歌）把握住心中的严格尺度，而不为形形色色的意识形态、商业利

---

① 见王家新、沈睿编选《二十世纪外国重要诗人如是说》第459页，河南人民出版社1992年版。
② 黄灿然将千禧年主义译为"太平盛世论"减弱了这个词的新教末世论"彻底变革"的意味。
③ 见切斯瓦夫·米沃什《诗的见证》第50—51页，黄灿然译，广西师范大学出版社2011年版。
④ 见切斯瓦夫·米沃什《拆散的笔记簿》第229页，绿原译，漓江出版社1989年版。

益、名声、小圈子风气所腐蚀，实在不是一件容易的事。

二〇〇九年五月我到香港出差编撰一本关于老庄哲学的读本，在九龙塘又一城的Page One书店买到两本波兰诗人的诗，一本是希姆博尔斯卡的《奇迹集市》，一本就是米沃什的这本。我曾经有米沃什一本厚厚的诗集，后来送给一位朋友了。他晚年的这本薄薄的诗集倒是第一次看到。两位诗人的诗我都很喜欢，他们涉及的主题无所不包，的确有大诗人的宏阔气象。《奇迹集市》的前言，还是米沃什为希姆博尔斯卡所写。

关于希姆博尔斯卡的《奇迹集市》，我曾写过一篇文章《辛波丝卡①的六世界》，后来其中一部分发表在《世界文学》二〇一一年第一期上。关于米沃什这本《第二空间》，二〇一一年我应青年小说家、广州"副本"主事冯俊华之邀，译出一半有余，曾以《米沃什晚期诗十八首》为题印制。但因为"副本"做的是诗歌"小众"读物，虽然印制水平已不遑欧美，能够看到的人却始终有限。二〇一三年花城出版社获得《第二空间》的中文版权，朱燕玲女士问我能否译出全部，我利用二〇一四年春节时"热闹中的寂寞"，译出了其余部分，主要是《学徒》，至此这本米沃什最后的诗集，终于可以全貌面对中文读者。需要说明的是，除了《学徒》是米沃什自己作注外，其余诗中以星号标出的注记多是译者所加，有不准确处还望读者指正。

这篇中译本前言原是《米沃什晚期诗十八首》的后记，其中一部分曾发表在广州《时代周报》②。现在加上了一些内容，亦以全貌示人，算是对读者的一个指南，也算是我喜爱米沃什的一个结果。

二〇一四年二月六日北京西诗来斋

---

① 本译丛根据波兰语发音原则，将辛波丝卡翻译为希姆博尔斯卡。
② 见《时代周报》第155期，2011年11月22日。

第一部分

第二空间

天厅是何其地敞亮!
经天梯走近它们。
白云之上,便悬着极乐花园。

灵魂把自己从肉体撕开翱翔。
它记得有一个"向上"。
也有一个"向下"。

我们真的对那别一个空间失却了信心?
天堂和地狱,都永远地消逝了?

若无超凡的牧场,如何得到拯救?
被定罪的,到哪里找到合适的住所?

让我们哭泣罢,哀恸损失的浩大。

让我们用煤渣把脸擦脏,再蓬乱头发。①

让我们哀求把它还给我们:
那第二空间。

---

① 这是《旧约》中犹太人表达哀恸绝望的方式。如《约伯记》第2章记载,约伯受上帝考验,浑身长满毒疮。他的三个朋友来看望他,为他悲伤,安慰他。他们远远地举目观看,认不出他来,就放声大哭。各人撕裂外袍,把尘土向天扬起来,落在自己的头上。

晚熟

要直到接近九十岁,我才逐渐地
感到有一扇门在我里面打开,我走进了
清晨的澄澈之中。

我的前生一个接一个地在离开,
像船舰,带了它们的悲哀。

而被派定给我的画笔的
国家、城市、花园和海湾,靠近我
期冀得到比从前更好的描绘。

我未曾脱离人民,悲痛与怜悯联结着我们。
我们忘记了——我总是说——我们都是王的孩子。

因为在我们所来之地
并没有"是"和"非","现在""过去"和"将来"的区分。①

我们多么可怜,上帝为我们漫长的旅程所准备的装备

---

① 意指在上帝那里没有"是""非"之区分("是""非"来自于人类始祖的堕落和"自以为是"),也没有"过去""现在"和"将来"的时间区分,因为上帝是永恒的,上帝是"永远的现在",不像尘世之物处于时间的流变之中。

我们用了不到百分之一。

来自昨天和几百年前的诸多片刻——
剑的一击，在抛光的金属镜子前
把睫毛扫描，致命的一枪，正被暗礁
把舱撞扁了的小帆船——它们存留在我们身上，
等待着一个完成。

我知道，总是知道，我会是葡萄园里的一个工人，①
就跟所有正同时生活着的男男女女一样，
不管他们是不是意识到了它。

---

① 此典故来自福音书。《马太福音》第 20 章，耶稣讲了一个葡萄园主请人做工，各人工作时间长度不一样，但所得报酬一样的故事，比喻进天国不论早晚，所得恩典都是一样的。

假如没有上帝

假如没有上帝,
人也不是什么事都可以做。
他仍旧是他兄弟的照顾者,
他不能让他的兄弟忧愁,
说并没有上帝。

在克拉科夫*

在尘世和天堂的边缘上,在克拉科夫。
在教堂被脚步磨损的地板上,沓沓声
一代复一代。在这里我忽然理解了
我的兄弟姐妹们的某些习惯。
一个女人的赤裸遇到了一个男人的赤裸
并且用它的另一半成全了自己
肉体的,或甚至神圣的,
——几乎是一回事——
正如《歌中之歌》① 启示给我们的。
但他们所有人不都必须依偎到永活者那里,
到他的苹果香、番红花香、丁香和香气那里,
到那是其所是并永生的他②那里,
带着灼热的蜡烛光?
而那不可分的他,单独地对他们每个人,
在一块圣饼里,把他们——他和她——接到他们自己的火焰中。
他们用青苔烟雾一般的装束掩映了火焰的光辉,

---

* 克拉科夫为波兰古都,现为第三大城市。
① 即《旧约》中的《雅歌》。
② 原文为 Him who is and is coming,均指永生的上帝。

他们戴着丝的、瓷的、铜的和银的面具,
以免自己寻常的脸孔误导。
大理石上小小的十字架将使他们的坟墓生色。

框架

波兰是一个多沼泽的国家，那里有犹太人居住。①

帕特里克，悲剧需要适宜的取景框
要有断裂的岩石和无底的峡谷。
但我是在描述一个多沙的平原，
鹅群在草地上行走，一个难得听到
灰暗和模糊的国度，
因为它的悲伤没有手，没有面孔。

我却得写下去，帕特里克。我被召，
或被强迫，为良心的痛楚。
我尽我所能，带着愤怒和乏力，
并不相信世界上有谁会需要它。
你知道我们会如何被
爱美之外的原因强有力地打动。
在激情的推动下
对现代主义守则的如此偏移

---

① 法文版欧洲地理（1939）。——原注

甚至产生了一种风格。

浮躁——我曾触到过。
小玩意儿也曾掩饰我的痛苦。
我难以面对剥落的墙壁,肮脏的垃圾堆。
丑陋,它看来是在招灾惹祸。
但它是给定的。而且没有水
能冲走铭刻在我们记忆中的东西。
必须有所为来对付它。
必须有所为。

维尔基[*]

一把英国号、一个鼓、一个中提琴玩起了音乐
在一间房子里在一座山上在森林中间在秋天。
从那儿望去视野开阔可看到大河的拐弯。

我仍旧想要纠正这个世界,
但我想得最多的是他们,而他们都已死去。
还想着他们不知名的故乡。
它的地理,正如史维登堡所说,不能转换成地图。
因为那儿,正如一个人曾去过,一个人也能看到。
甚至在那儿也可以犯错误,这是可能的;例如,信步而走
而没有发现你已经到了另一边。

也许,正如我刚刚梦到了那些生锈黄金般的森林,
我年轻时曾在其中游泳的河流的闪烁,
我笔下的十月——它的空气如葡萄酒。

教士曾教导我们救赎和永罚。

---

[*] 维尔基是立陶宛维尔纽斯附近的一个小地方。——原注

现在我对这些事一点印象也没有了。
我已经感受到了按在我肩膀上的向导的手,
不过他①没有提到惩罚,没有承诺奖赏。

---

① 原文此处的"向导""他"都用大写,指上帝。

优势

要让他们处于劣势并不困难，
因为他们不再活着了。
我跟他们坐在桌边。是夏天，在战前。
整个寄宿学校：我可以随心所欲地
对待他们，甚至使他们值得怀念。
何等违反常情的游戏，一个十六岁的孩子
因苦恼和羞涩而自大，
总是沉默着而且笑得愚蠢——
因为一场关于叔本华的交谈显然
不是他们喜欢的。他们怀疑他不正常，
因为他们"懂得生活"；即，一切礼貌的闲聊下面
毋庸置疑的地带，
在这样的事情上他们通常很能干。
现在我将你们置于我火力之内，你们这些可怜的人。
也许有人会说我是一个影子教士。
这儿，再没有闲话了，再没有热情的抚摸了。
当你们拿出半副心思倾听我苦涩的谈话。
倘若我揭露我的秘密，你们会得到什么？
我会得到什么？

紧要的是一个人如何付出。
我常常嫉妒你们。妮娜,艾德。
倘若你们能够猜到我命运的一星半点,
也许就能更轻松地忍受自己的平庸。
和我一起在这儿的是一场大幻灭的记忆。
并非骄傲。我比你们有死的单子、
肉体的仆人的圈子更要低微。
所以倘若我不会整个儿地消亡,
倘若我留下一部全集,那又如何?
既然平衡尚属未定。我不知道。也许我是对的,
但说真的,这并非我想要的。

教我手艺的一个师傅

纪念伊沃斯基耶维茨①

他的诗里引诱我的是纯净的色彩
还是他跟死亡的恋爱?
因为无疑他堕入了对死亡的爱情。
对于他来说它就是真理,以及存在之幻觉的全部内容。

它取走了
玫瑰般金色的塔,
广场淡绿色的大理石,
紫罗兰色的天空,
长笛红色的吹管。

它永久地喑哑了一个情人的呻吟:

在淡紫色的灰烬里,
在留着残茬的田野和灰暗当中,

————————

① 伊沃斯基耶维茨(1894—1980),波兰诗人、作家。他曾长期诽谤米沃什和其他波兰流亡者。

像一块橙黄色的瑕疵的，
是你赤裸燃烧的灌木丛。

我现在认为，在这狄奥尼修斯式的甜蜜死亡中
有某种不得体的东西。
人和物的消亡并非时间唯一的秘密。
它召唤我们克服去当奴才①的试探。
并在深渊的边缘之上放上一张桌子，
并在桌子上放上一个杯子、一个水罐、两个苹果，
于是他们就夸大不可获得的"现在"。

---

① 原文为 serfdom，指俄国农奴。这个词有讽刺意味。

一次停留

我在那城市的停留像一场梦
而这场梦持续了许多年。

真的,我对什么都提不起兴趣,
直到听到一个声音在口诵诗句。

就那样我发明了一种生活,
就这样我的天命得以被完成。

一些人相信我是他们的,
于是便信了我的伪装。

我为此责备自己,
因为我想要与此不同,
可靠、勇敢、心灵高尚。

后来我只好说:为何要达到那么高?
我是瘸子,也将会是瘸子,
这点可没人想到。

一个老妇人

没人能看得见,穿着一身过大的衣服,
我走路,假装是一个脱了窍的灵魂。

这是什么国度?葬礼上的花圈,贬了值的勋章,
总体上回避记得发生了什么事。

我想到你,老妇人,默默地数着你生命中
过去了的日子像数着玫瑰经念珠。

它得被遭遇、忍受、应付。
一个人得要等或不等,一个人得要。

我为你将我的祈求送达至高者,得到
旧相册中你面孔的帮助。

愿你死的那天不是无助的一天,
而是信靠那照彻了尘世形相的光。

同学

我正在向她走去,带着一朵开了一半的玫瑰。
我骑着车,因为是一次长长的旅行。

经过一连串自动扶梯的迷宫,从一个坑到另一个坑,
在几个幻影似的女士的陪同下。

她舒展在一张地毯上,接待着客人们,
她的颈是一朵百合泛着无瑕的白。

请在这儿下跪,她说,挨近我,
我们正要谈论好的和美的。

她天资聪颖,诗可顷刻书就。
这发生在另一个国家,在一个消逝了的世纪里。

她习惯了戴一顶镶嵌着狼牙的学生帽,
我们母校的徽章绣在天鹅绒之中。①

---

① 前面的几节描述场景和动作都是用过去时态。

她无疑结了婚,有三个孩子。
谁能打探出这些细节?

这场梦意味着我对她有想法?
或只是为她从前的身体感到遗憾?

因此就轮到我来点数她四散的骨头
既然我是百年前那帮年轻人中最后的一个?

降落到但丁似的黑洞中
靠近大天使或位于哈萨克斯坦的某处?

她本应该被葬在了罗莎墓地①,
但邪恶的命运无疑将她带到了城外。

为什么凸现的是她,我难以明白。

---

① 罗莎墓地是立陶宛维尔纽斯的一处墓地。

我不敢确定能在繁华大街上认出她来。

我问自己为什么编织得如此不合常理：
以致生命模糊不清，唯有死亡真真切切。

再见了皮奥热维奇佐娜①，不请自来的幽灵。
我甚至想不起你的名字。

---

① 米沃什所描写的这位女同学的姓。

房客

事情发生在维尔诺,一九四〇年六月的某个时间,那时这座城市由我们东邻的军队掌管。

一个老太太,因为付她养老金的国家已不再存在,陷入了经济窘迫之中,便把她的一个房间转租给一个看起来像是有上尉军衔的军官。

他是一个体形庞大的俄国人,彬彬有礼,但完全沉默寡言。

他不给她带来任何麻烦,因为他不接待任何客人,无论是男是女;他清晨就起来上班去,直到晚上才回来。

然后或者亮灯读书,或者熄灯睡觉。

真的,没有人知道他是干什么的;也许是一种需要加倍谨慎的工作。

他的名字我们永远不知道,我们也永远搞不清楚他心里在想什么。

我们只能猜测他正在跟一种完全新颖的经验做斗争,就是,遭遇到了一种跟他从小耳濡目染的文明完全不一样的文明。

他曾经被教导并不存在上帝或撒旦,所以他才会惊奇于看到那么多人在教堂里一起祷告。

这使他痛苦地感到人的信念的无用,以及向"虚无"① 的宝座献上的恳求的无用。

有可能他沉思过恶,即,沉思过由人强加给人的苦难。

沉思过我们因此也对之负有责任的恶,沉思过在如此这般的世界里我们的义务为何的问题。

倘若对一个命令说"不"实际上就是在诅咒某人的生日。②

一天晚上他向自己开了一枪,内务部③查封了他的私人物品,他的手枪和他的书。

---

① "虚无"在此指无神论所信奉之上帝(纯存在)的对立面。
② 意即不如不出生。
③ NKVD,英文全称为 The People's Commissariat for Internal Affairs,克格勃前身。

说他受到了天使合唱团的欢迎是不合体的,即使我们在福音书里读到,"饥渴慕义的人有福了"①。

最适当的做法也许是对宗教保持沉默,因为在这个行星地球的千禧年里,他消失得不留一丁点痕迹,跟无数从来没有得到安慰的别的人一起。②

---

① 见《马太福音》5:6。
② 原文为 who have never ascended to any consolation,"从来没有上升到得到任何慰藉",其中 ascend 含有宗教意义。

守护天使

在我的梦里我的守护天使采取了女人的形状。
并不总是同一个人。他知道，作为肉体受造物的我，
需要情人的抚摸。我们不做爱，
但我们之间有亲近，以及理解。

我从来不相信天使的临在，但我的梦有了变化，
最近，当我发现一个堆满珠宝的地洞时，
当我们正一起搬麻袋时，我请求他
让梦再延长一会儿，梦给了我平安。

美丽的陌生人

在一张镜子前,赤裸着,愉悦她自己。
你真漂亮;让那一刻永驻。
你胸脯的粉棕色盾牌,
肚子上带有新长出的一簇黑毛。
他们马上就会给你穿上惹人怜的
女衬衫、背带式长衬裙、带摆的细袍。
你穿着时新的紫丁香形的紧身裙,
你两条大腿上的吊袜带像盔甲上的皮带。
他们给你挂上一层层可笑的织物
好让你参加他们充满了
假装的入迷、猥亵的暗示的剧院。
一个奴隶,你就这样留在了相片上
被感光乳剂和时间的着色变得黯淡。
你反叛了吗?是的,十分可能。
只有你自己知道,不告诉任何人
保护你嘲弄着的身体所显示的智慧,
远离他们话语的虚无。

而我,我现在是否挣脱了

那些仪式、面具、舞会照明灯？
我是否逃离了那将我拉进
僵硬的时髦、半死的作派的律？

我希望能来救你，美丽的陌生人。
我们一起奔向永恒的牧场。
你重又赤裸着，而且十五岁。
我是应许你的那位，我牵着你的手。
想一想，那些人们以为发生了的事
什么也没有在你身上发生，
你可以完全不同，
你是你自己，
不被命运的精确所捕捉。

贬低本性

许多灾难产生于我对上帝的信念,

它是我眼中人的光辉形象的一部分。

人,尽管有其动物的本性,
却本可以有极其丰赡的灵性生命。

他的行为本可以受到
被认为是高尚、崇高的动机的指引。

通过变得接近于天使而赢得尊敬。

这是我在浪漫主义文学中发现的人的形象。

得到了殉道圣徒传的支持。

而我呢?我会不会不够?我应否认为自己是不那么完美的东西?

唉,我只在自己身上找到了一个处处要占上风的雄性的本能,一个精力充沛的精子的本能。

我真实想要的只是力量、名声和女人。

因此我开始在自己这里构造爱的和牺牲的感情。

在这里提一提麦格和约翰尼的故事也许有用。

约翰尼渴望麦格,因为她住在一座宫殿里
那是他,一个流浪儿难以接近的。

或者因为她看起来像一个超凡脱俗的美人儿,
高出了像他这样的低等受造物的期望。

麦格渴望约翰尼,因为他看起来比别的追求者光彩

还因为她知道自己的缺点,并由于成为他的选择感到高兴。

于是一场婚姻发生了,而那实际上意味着两个孤独的爱,给他们两人

带来了更多的折磨，直到他们离婚。

这也许发生过，也许没有。

无论如何，我发现适合我的都只是一种怀疑主义哲学。

它不给人任何更高的品质。

也不给人所创造的上帝。

只有这样我才能跟我的本性和谐共处。

然而我重复着"我信上帝"，我知道
我的信念并没有正当的理由。

我现在应该

我现在应该比我从前智慧。
但我并不知道是否如此。

记忆创作了一个耻辱与惊奇交织的故事。

耻辱我埋藏在心中了,而对于
墙上的一道光纹、金莺的一声婉转、一张脸、
一道彩虹、一卷诗、一个人的惊奇,却持存着
并且带着光彩回来了。

这样的时刻将我高举,高出了我的跛脚。

你,我曾经爱过的人,走近并且原谅
我的冒犯,因为我被你的美震住了。

你不是完美的,但是那眉毛的拱形,
那头部的斜线,那同时带着缄默与诱惑的声音,
只可能属于一个完美的受造物。

我发誓永远地爱你,但后来
我的决心摇动了。

我的布匹由闪烁的瞥见织成,
它不能大得足以裹住一座纪念碑。

我留下了许多未完成的
歌颂男人和女人的颂歌。

他们无比的勇敢、虔敬和自我牺牲
都随他们逝去了,没有人知道。
永远也没有人知道。

当我想到这点,我需要一个不死的见证人
好让他独自知道并且记住。

高地

高凌于大海闪亮之上的台地。
我们是宾馆里下去吃早餐的第一批。
在远处,在海平线上,巨大的船只移动。

在西季蒙德·奥古斯特国王高中
我们曾以一首关于黎明的歌开始每一天。

阳光温暖我的眼睛
唤醒我
我感到全能的上帝
就在身边活着

我的一生都在努力回答这么个问题:恶自何来?
如果上帝在天上,
在我们身边
人们不可能受这么多的苦。

不适

我不是在哪儿都能生活的，除了在天堂。

这，只是我遗传来的不适。

在这儿，在地上，玫瑰刺每扎一下都变成了伤口。
不管何时太阳躲在了云后，我都要感到悲痛。

我假装像别人那样从早到晚地工作，
但我并不在场，我只效力于一个看不见的国度。

为了寻求安慰我逃到城市公园，在那儿观察
并且忠实地描述花朵和树木，但是在我的手下，
它们变成了天国的花园。

我未曾用我的全部感官来爱一个女人，
我只想从她身上得到一个姐妹，在被放逐之前①。

---

① 意指伊甸园亚当、夏娃因违抗神命吃禁果而被放逐到尘世之前。

我尊重宗教，因为在这个痛苦的地球上
它乃是一首送葬的、抚慰人心的歌。

倾听我

倾听我,主啊,因为我是一个罪人,这就是说除了祷告我什么也没有。

保护我远离江郎才尽和无能为力的日子。

当无论是燕子的飞行,还是花市上的牡丹花、水仙花和鸢尾花,都不再是你荣耀的象征。

当我将被嘲笑者包围,无力反驳他们的证据,记起你的任何一个奇迹。

当我将在自己看来成为一个冒名顶替者和骗子,因我参加宗教仪式。

当我将指责你创立了死亡普遍的规律。

当我最终准备向虚无低头,将尘世的生活称作一个恶魔的杂耍。

科学家们

大自然的美是可疑的。
哦是的,鲜花的华丽。
科学关心的是把我们的幻觉剔除。
尽管我们不清楚为何它这般着急。
基因之间的战斗,力求成功的性格,得与失。
我的上帝啊,这些人说着什么样的语言
穿着他们的白大衣。查尔斯·达尔文
在公开他的——如其所说,恶魔式的理论时,
至少有良心的痛楚。
而他们呢?说到底,他们的观念是这样的:
把老鼠隔离在不同的笼子里。
把人类隔离开来,把他们自己的同类
当作遗传学的浪费一笔画掉,毒死他们。
"孔雀的骄傲是上帝的荣耀。"
威廉·布莱克如是写道。曾经有一个时候
无关利害的美以无边无际的丰盈
愉悦我们的眼睛。而他们给我们留下了什么?
唯有资本主义企业的算计。

商贩

在发生了一个神迹的小镇，商贩们支起了他们的货摊，一家挨一家，沿着朝圣者前行的街道。

他们展示他们的货物，奇怪着人们的愚蠢，正是它驱使着人们前来购买小十字架、小圣章和祈祷念珠。

甚至还有圣母形状的塑料瓶，用来保存治病的神水。

病人在担架上，瘫子在轮椅上。

强化了商贩们轻蔑的信念：宗教是自我安慰，基于对任何救援的合理需求。

他们搓着他们的手，琢磨着，在进货清单上又加上了耶稣十字架受难像，或者印着历任教皇肖像的镍币。

而朝圣者，望着他们已经潜藏了几不可觉的微笑的脸，感到信仰受到了威胁，正如孩子们感受到了保守着一个秘密的成年人的威胁，他们猜测着（这个秘密是什么），但仍然模糊不清。

保险柜

也许世界被善良的主创造出来，是为了在无数的活物的眼睛里反映出它自己，或者，更加可能的是，在无数的人的良心里。

也在人的想入非非里，比如我对饶东卡森林的浪漫想象，或我在迷恋保拉小姐时对她乳房的想象。

善良的主把这些形象藏在哪里了？他有一个很大的保险柜用来保存他的珠宝吗？

也许他是一部大型计算机，无限数的形象都能放妥当了。

或许他忙于审查它们，比较着被反映的形象跟真实发生的事情。

他的胡子颤动，正嘲笑着那些坚持映象之外并无原型的聪明人。

我

多么奇怪,男人们和女人们自恋的"我"会崇拜镜中的自己。

要用多少面霜、胭脂、油膏、浆衣粉,使它在自己面前看起来精致并且闪亮。

然而就在这外观后面,忙碌、不可见的"时间"美容师却正在把带阴翳的皱纹施加到眼角,将双唇描绘成苦涩的表达。

他们在头发上撒灰,他们将曾经的独一无二变成没有名字的面具。

镜子黯淡了,眼睛难以看见了。对于天使我们只是一个单独的事件,不是屈从于普遍规律的一个数字,要相信这一点是多么困难。

伊甸园里的那对夫妻是一件一次性的事件,对此没有最轻微的怀疑。

只是想想!不要被交给任何分解律!

也不要被交给因果律。

还不要被交给肉体和意志的不和谐律。

并没有"我"。只有惊奇。

大地就从混沌中升起。

草儿绿得紧,河岸神秘。

天空,它里面的太阳意味着爱。

退化

往镜中的一瞥,
老年的力不从心,
都可以消灭掉一个人的自视甚高,
还得屏住呼吸,盼某处的疼痛
不会复发。

数不尽的人就这样被羞辱,
却也有别的尘世受造物
看来用更大的谦卑精神接受了它:
一只猎鹰不再迅速得能捉住鸽子,
一只跛脚鹳被它的群驱逐了,它们升空飞走了。
季节的轮回,降落到了大地。

天上的神仙们对此会说些什么?
他们散散下午的步,他们注意。
我们在此,而在那边的是所谓自然王国。
哪个更糟,意识还是缺乏意识?
嗯,伊甸园里可没有任何镜子。

新时代

我的身体不想听从我的命令。
在一条直径上它绊倒了,
上起楼梯来也磨磨蹭蹭。
我对它的态度是讽刺。我嘲笑
我的肌肉松垮,我的两脚拖拉,视力衰弱,
一切高龄老头的特征。

幸运的是我仍旧在夜里组织诗句。
尽管我早上写下来的东西
到了中午就辨认不清。
计算机的大号字体帮了我
看到它我可是没有白活,
它给我的好处怎么说也不为过。

眼睛

我最可敬的眼睛,你们的形状可不是最好。
我从你们这儿接收到的形象不够鲜明,
如果有颜色,那也暗淡得很。
你们曾经是一伙忠实的长腿猎狗,
我带着你们在清晨上路。
我神妙的伶俐眼,你们看到过许多的事物,
陆地和城市,岛屿和海洋。
我们曾一起欢呼过巨大的日出
当新鲜的空气让我们在小径上奔跑
而露水开始蒸发。
你们所曾看到的现在都收藏在我心里
变成了记忆或者梦。
我正在慢慢地从世界的露天游乐场离开
并且注意到我对猴子的装扮、尖叫声和锣鼓声
有一种不喜欢。
何等的宽慰。独自地沉思着
人类基本的相似
以及他们分量极微的不相似。

没有了眼睛，我的视线固定在一个明亮的点上，它变得越来越大，把我吸收了进去。①

---

① 这是基督教神学的一个基本主题：人最终为神所化，为上帝的光芒所化。

笔记本

要表达。没什么可以被表达。
火在炉盖下。安娜斯塔西亚在烤薄饼。
十二月。黎明前。雅斯宙尼①附近的一个村子里。

～

我本该死了,但还有工作要做。

～

从人的言说到诗句的静穆,多么远!

～

它伸展出来,溪谷、符号、光。

～

那些永生者的温和的溪谷。
他们走在绿色水边。
他们用红墨水在我的胸口画上
一颗心,以及一个热烈欢迎的符号。

～

要赞美。唯有这被留给了
那缓慢地思考着一个又一个不幸的人

---

① 雅斯宙尼,立陶宛东南部一小镇。

并且从那边打击它们。

〰

我旁边的人不知道,假装什么也没有发生过、什么都正常,这是多么困难。

〰

我用尽全力爱着上帝,在像伤口一样撕裂森林的沙路上。

〰

哪里去了那些日子的回忆那些你在尘世的日子
招致快乐和疼痛的日子对于你是整个宇宙的日子。

〰

低低的,在下面,在黑暗中,
一张桌子,上面有一本厚书
还有一只手在铭记着什么……

〰

在地狱的门口她站着,赤裸裸。

〰

我想要像卢克莱修①那样描述世界。

————————

① 提图斯·卢克莱修·卡鲁斯(约公元前99—约前55),公元前1世纪的罗马唯物论诗人,主张原子论,著有哲学长诗《物性论》。

不过却有太多的老年并发症。
词典里的词语也太少了。
因此我只能像伽利略那样谈世界：它还转动。
～
波利雪娜女士，她从短裤里滑脱而出。
～
我的爱在梦里，松鼠在榛子丛里。
～
城市！你们从来没有被描写过。
～
成年人领着队伍，走向愚蠢交谈的深处。
～
维利亚河①流淌，不痛不痒。
～
被怜悯折磨，充满厌恶。

---

① 维利亚河，流经白俄罗斯和立陶宛。维尔纽斯就在这条河旁边。

多层次的人

当太阳升起
它照耀愚蠢和罪过
它们藏在记忆的凹处
白天看不见。

这儿走着的是一个多层次的人。
在他的上层是早晨的清冽
在他的下面是黑暗的密室
吓得人不敢进。

他请求宽恕
向那些不在场者的灵魂
后者在被埋葬了的咖啡馆
的桌子底下发抖。

那人要做什么？
他害怕一个裁决，
比如就在现在，
或在他死后。

第二部分

塞维利奴斯神父

一、塔上寒鸦

寒鸦栖息在我窗外的塔上。
又一年过去了,没有触动我的事发生。
人口越来越多的城市,沉浸在充足的夕照里。
等待着结局,在那时,在安提阿、罗马和亚历山大里亚。
一个应许给了我们,心疼是在两千年前。
而你并没有回来,噢救世主和导师。
他们在我身上画上你的记号,把我派到外面服务。
我担负上神职人员的长袍
还有一张仁慈的微笑着的面具。
人们向我走来,逼着我抚摸他们的伤口,
他们对死亡的恐惧,以及时光消逝的痛苦。
我是否敢于向他们坦承,我是一个没有信仰的神父,
我每天都在祈求理解的恩宠,
尽管在我心里只有对盼望的盼望?
有一些日子在我看来
人们不过是节日里的牵线木偶,在虚无的边缘跳舞。
十字架上强加给人子的折磨

之所以发生,不过是为了让世界显出它的冷漠。

二、菲奥非努斯

菲奥非努斯难以治愈的疾病。
他的虔诚太过热切。
在他的祷告里上帝的怜悯、
上帝的柔情和爱,得到了更新。
我,观察着他命运的残酷
也许是前定的命运的残酷,
也在受苦。我世故性地虚伪,
因为我想要把他从信仰的迷失中救出来,
救出一切像他这样的人。出于对他们的怜悯,
让我们为耶和华唱诗,弹奏音乐。
让一座坚固的堡垒的墙从我们的心里
围绕着他们的信心升起。
我不能领会为什么,以及从何处
我认同于他们,也许是神圣?

三、卡蒂耶

我不明白为什么事情要如此发生，
上帝之子非要死在十字架上。
没有人回答那个问题。
我怎么才能向卡蒂耶解释？
她曾在某处读到，创造主陛下
受到冒犯，这要用血来报复。
是吗？于是他便可以穿着金长袍，戴着王冠，
从一朵云彩后观察着拷打的情景？
我对她说：一场拯救的奥秘。
卡蒂耶怎么说？她不想被拯救
倘若代价是一个无辜的人的受苦。
她的父亲每个礼拜天都在教堂里跪着，
因为你还能用什么来替代宗教呢？
难道用党的白痴仪式，
或者以打架结束的足球赛？

帕那斯·雅典娜是我们的女神。

我们派代表去求德尔斐的神谕。
我们游行庆祝以弗所的戴安娜。
如应该的那样。哲学家们
未曾从诸神那里夺走他们该得的光荣。
我把面包和葡萄酒举过圣餐桌。
带着谦卑,既然我的理性并不理解我所做的事。

四、你怎么能

它超出了我的理解力。
你怎么能创造这么一个世界,
异于人的心,毫无怜悯,
在它里面怪物们交着尾,而死亡
是时间麻木的看守。

我不能相信你想要它。
必曾发生过某场史前灾难,
惰性的力量获了胜,比你的意志更强大。

一个把你称作他的父的流浪拉比,
一个毫无防卫地反对这个尘世的律法和野兽的人,
受到了羞辱,绝望着,
就让他来帮助我
向你祷告。

五、帆船队

宣称一个伤口里流血的人
是上帝,是宇宙的统治者,
这个人必定是疯了——一个充足的证明
我们这个种类倾向于不可能的事情。
把这么一个人放在宇宙的中心!
还派出装备着帆篷和十字架符号的帆船队
以占领陆地和海洋。
列起星际航船
并把它们送到时空的大洋中。

而促成这一切的
从拿撒勒小镇来的那个人却并非一个灵。
他的肉体,横伸在耻辱柱上,
遭受着真实的折磨,关于这我们每天都试着忘记。

六、临在

主啊,你的临在是如此真实,比任何论证更有分量。

在我颈上和我肩上,我感到你温暖的呼吸。

我读你书上的词语,它们是属人的,
正如你的爱和恨是属人的。
你自己照着你的形象和样式造了我们。

我想要忘记神学家们创造出来的精巧的宫殿。
你不经营形而上学。

救我脱离我在大地漫游时搜集到的那些痛苦的形象，
把我引到唯有你的光逗留的地方。

七、一个孩子

我的长袍，属于神父和告解者，
恰好用来包裹我的忐忑和恐惧。
我们是不一贯的人。
我嫉妒群众在世界里的安定。

我感到自己是一个孩子在教导成年人，
给出劝告像纸做的大坝对着狂暴的溪流。

他们只是在遭遇不幸时需要我，
恳求天上的力量。
这样他们才会过来并且
从肺瘤或病毒感染中得救。

我们有大量的人，居于高者和低者之间，
我们洒水，我们赐福，我们咕咕哝哝。
他们一再地背叛我们
因为他们喜欢跟老板本人交谈，
无需中介。
但是难道我们不是他的声音，就像人的声音一样吗？

八、利奥尼亚

我能否告诉他们：并没有地狱，
当他们最终得知地狱为何？

我听着利奥尼亚的告解。
她害怕被定罪，她认为它是公正的。
倘若你在今生得不到你该得的，
她说，你就会在来世得到。

利奥尼亚走了。火苗喷发出来

从地狱大门背后的硫黄湖里。

九、假若

假若所有这些都只是
人类关于自己的一场梦呢?
而我们基督徒
只是在一场梦里梦见了我们的梦?

假若没有人为这场自欺负责,
我们会和谁一道下到地狱
同时又期待着被永恒的正义升起?①

---

① 这是说倘若世界如印度哲学(如佛教与吠檀多哲学)或现代虚无主义所言,只是一场梦,那么责任和价值就难以确立,基督教的实在论哲学就无从确立。倒数第二行可能指:既然是空,就没有谁会和我们一起下地狱。"一道下地狱"亦令人想起新约中所说耶稣死后下到地狱救人的句子。原文为 expecting to be raised by Eternal Justice,这里 raised 有"复活"之义,指末日审判时灵魂复活,好人得到公正对待,不再死亡。米沃什在世界各大宗教汇集的加州生活多年,对其他宗教给基督教带来的挑战应当是比较熟悉的。

十、惧怕

说真的,他们又信又不信。
他们去教堂,免得有人以为他们不信神。
神父讲道时他们想着朱利娅的奶头,想着一头大象,
想着黄油的价格,想着新几内亚。

他胆敢认为他们是这样子的:
那晚当他(耶稣)跪在橄榄园中
感到背上有恐惧的冷汗。

十一、君士坦丁皇帝

我本该生活在君士坦丁的时代。
救主死后三百年,
关于他人们只知道他曾复活
像罗马军团中光辉的密特拉神。
我本可以见证本质相同派和本质相似派

就基督的本质是神圣的还是类似于神圣展开的争吵。
我可能会投票反对三位一体论者,
因为谁能猜测创造者的本质?
君士坦丁,世界的皇帝,花花公子兼杀人犯,
在尼西亚大公会议上倾覆了天平,
弄得我们一代接着一代地,沉思着神圣三位一体,
奥秘中的奥秘,没有它
人的血就会异于宇宙的血
被一个受苦的上帝所流的他自己的血(这上帝
把自己当作牺牲奉献,即便是他创造了世界)
就会成了空。
这么说来君士坦丁只是一个本不应得的工具,
没有意识到他为遥远世代的人们做了什么事情?

而我们,又是否知道我们是用来做什么的呢?

第三部分

关于神学的论文

一、一个年轻人

一个年轻人不会写这样的一篇论文，
尽管我不会认为是对死亡的恐惧促成了它。
简单地说，它只是许多尝试之后的一个感恩。
也许还是同颓废的一次告别
我时代的诗歌语言久已堕入其中。

为什么是神学？因为在先的必须在先。

在先的是真理的观念。显然，这就是诗，
它仿如一只鸟儿向着透明的窗棂乱扑
这种作为证明了如下事实：
我们并不懂如何在走马灯一般旋转的幻灯里生活。

就让现实回归到我们的言说。
即，意义。没有一个绝对的参照点，这便不可能。

二、一个受过洗的诗人

一个在天主教区的乡村教堂
受过洗的诗人
对他同伴们的信仰
产生了困惑。

他试图猜测他们脑子里在想些什么。
他怀疑有一种天长日久的由卑贱造成的损伤
业已散发在这一补赎性的部落仪式里。
然而他们每一位却都承担着自己的命运。

把我跟他们对立起来,看起来是不道德的。

这意味着我以为自己比他们更好。
在伯克利的圣玛丽·抹大拉教堂
用英语重复祷告要更容易。

一度,在高速公路上疾驰,来到了一个分岔口

一条小道通向圣弗朗西斯科，一条通向圣克拉门托，

他想到有一天他必须写一篇神学论文，
把他自己从"骄傲"之罪里救赎出来。

三、我不是

我不是，我也不想是，一个真理的占有者。

徘徊在异端的郊区正好令我感到自在。

只为了避免人们所谓的"信仰的平静"，
说白了就是，自我满足。

我的波兰同胞总是喜欢仪式的语言，讨厌神学的语言。

也许我类似于一个深山修道院里的修士
他从窗子里看到河里涨起了洪水，

便用拉丁文写了一篇论文,这种语言
是那些穿着羊皮大衣的农民完全听不懂的。

在一个母鸡于尘土满地的街上扒食的小镇里
在它歪歪扭扭的篱笆中间

沉思波德莱尔美学,是多么可笑呵。

我习惯了向童贞女玛利亚寻求帮助,
但被高高地置放在镀金神龛里的神像
令我难以辨认。

四、我道歉

我道歉,最尊敬的神学家啊,因我的腔调不适合于你长袍上的紫色。

我冲向我那种风格的床,寻找一种最舒适的姿势,既不太道貌岸然也
不太庸俗不堪。

在抽象和孩子气之间，必定有一个中间位置，在那里一个人能够严肃地谈论严肃的事。

天主教教义比我们高了几英寸；我们踮起脚尖，有一刻似乎看到它了。

但是神圣三位一体的奥秘，原罪的奥秘，救赎的奥秘，却都装配严整，理性奈何它不得。

理性徒劳地想要搞明白上帝在创造世界之前的故事，以及在他的国里善恶判然二分时的故事。

穿着白衣参加第一次共融的小女孩们，她们懂得什么呢！

甚至皓首穷经的神学家也同意真是勉为其难，合上书本，感叹人类语言的无力。

但谈到躺在马槽草堆上的又小又软的婴儿耶稣，语言却并非无力。

五、一个负担

密茨凯维奇——如果他已经被充分地改造，以适用于日常之需，为什么还要窜改他？

变成一罐蜜饯，打开时，便能演出一幕老波兰摇曳生姿的电影。

罗马天主教，就让它去，不是更好吗？

因此洒圣水的习俗被保留了，守节日的习俗被保留了，把死者抬到精心管理的墓地的习俗被保留了。

当然了，总有人会严肃地对待它，就是政治地对待它。

我从来不与那些启蒙主义的敌人为伍，解放主义的语言和对一切异议者的宽容，在他们听来都只是魔鬼在说话。

唉，一句美国谚语适用于我，尽管它不是出于好意："一旦成为天主教徒，就永远是天主教徒。"

六、徒然

要么诸神是全能的,但从他们所创造的世界来看,却不是善良的;要么他们是善良的,但世界脱离了他们的控制,因此他们不是全能的。

——伊壁鸠鲁学派

六岁大。我对世界石头般的秩序感到恐怖。

后来,徒然地,当我成为大自然爱好者圈子中的圆脸秘书时,我在鸟类彩图中寻求庇护所。

查尔斯·达尔文,一个将要成为神职人员的人,带着遗憾宣布他的自然选择理论,因为他看出,它偏向于魔鬼的神学。

说强胜弱汰,正是且总是魔鬼的计划,也正是他被称为"这个世界的王子"的原因。

一切爬行、奔跑、飞翔和死亡之物,都是对人的神圣性的否证。

我转向反自然，即，转向艺术，好把我们的家跟别的事物一道建立在音乐的声响、布面油画和说话的节奏之上。

在每一刻都受到威胁，我们将日子标记在石头的或纸做的日历上。

准备着被一只从深渊里伸出来的冷冰冰的手把我们连同我们未完成的使命一起拉下去。

然而我们相信，我们当中的一些人接受了一件礼物，一个恩宠①，可以蔑视地球引力。

七、我总是喜欢

我总是喜欢密茨凯维奇，尽管不知道原因何在。

---

① 原文为 gift，天主教背景中一般译为"恩赐"，指人是上帝照其形象所造，有其神圣来源，因此跟世俗人文主义和进化论所理解的纯自然主义的人不同。

后来我认识到他是在用密码写作
而这是诗歌的规则,
我们所知之物与我们所启示之物之间的距离。

换言之,要紧的是外壳里面的东西,
但当然如果读者只迷恋外壳也不要紧。

探索奥秘者所犯的错误和他们孩子气的概念
是可以原谅的。

我曾因史维登堡①和其他胡扯而被嘲讽过,
因为我逾越了文学时尚的规矩。

粗人们挖苦地做鬼脸
当他们讨论我的虔诚的、孩子气的迷信时。

---

① 伊曼纽·史维登堡(1688—1772),瑞典神秘主义神学家和哲学家。康德早年曾相信他的学说,后来对他做出了清算。但是他在一些小教派仍旧很有影响。

这迷信不想只接受唾手可得
的知识：人是人创造出来的，
人们还一起创造了他们称作"真理"的东西。

而我想要相信亚当和夏娃，相信堕落，
相信万物复归的盼望。

八、啊是的，我记得

啊是的，我记得罗马尔的院子，
那个名为"热心立陶宛人"的旅舍就坐落在那里。

而在晚年我站立在我的大学的带拱廊的院子里，
就在圣约翰教堂的入口。

两地距离何其遥远！然而我依旧能听到驾车人的鞭子落在四轮马车上
的噼啪声，载了我们从图汉诺维策来的同伴，刚刚抵达在策佐西的克
烈托维茨庄园的前阶。

在最大的立陶宛图书馆里阅读装饰着"宇宙人"图像的书籍。

倘若在写到我时他们把时代搞混了，我会确认说，是的，一八二〇年我的确在那儿，斜倚着一本雅各布·波墨①的《曙光》，一八〇二年法文版。

九、并非出自轻浮

并非出自轻浮，最尊敬的神学家们啊，我忙于学习诸多世纪的秘密知识，是缘于我向外望去看到世界的暴行时心里的痛楚。

如果上帝是全能的却又允许这一切，这只能说明他不是善良的。

那么对他力量的限制又来自哪里？为什么受造界的秩序是这样的？异

---

① 雅各布·波墨（1575—1624），德国神秘主义哲学家，出生于波兰。他对德国哲学影响深远。

端、卡巴拉主义者、炼金术士、玫瑰十字架骑士，这些人都试图找出一个答案。

只是到了今天，他们才会知道他们的直觉得到了天体物理学的证实，后者断言，空间和时间并不是永恒的，它们一度有一个开端。

在难以想象的一闪里，便设定了分钟、时钟和世纪之表的嘀嗒运转。

因为那才是令他们最感兴趣的：在一闪出现之前，神的内部发生了什么呢？"是"和"否"、"善"与"恶"是如何出现的呢？

雅各布·波墨相信，可见的世界是一场大灾难的结果，是上帝出于仁慈，为了阻止极恶的进一步蔓延而创造出来的。

我们抱怨地球是地狱的前厅：它本可以是彻头彻尾的地狱，没有美，没有善，没有一丝光线。

十、我们在教义问答里读到过

我们在教义问答里读到过天使的一场反叛——这设定了早前世界里的某个行动,那世界是在可见宇宙被创造之前就有的,因为这是我们能用"之前"和"之后"一类词语进行思考的唯一方式。

即便在早前世界里有成千上万不可见的天使存在着,他们之中也只有一个能够展现他的自由意志,造了反,成了造反司令。

我们不能确切地知道,他是存在者中最先的和最完美的,还是只是神性本身的黑暗面,雅各布·波墨把他命名为"上帝的怒火"。

假使如此,一个极美极有力的天使反叛了不可理知的统一,因为他说出了"我"这个词,而这就意味着分离。

路西弗,黑暗之光的传递者,亦被称作"大对头",亦被称作撒旦;

在《约伯书》里他是听命于创造主的告发者。①

在只说"是"的上帝双手所造的全部作品中,没有比这声"不"更严重的过错了。这"不"也是死,是意志朝向分离的存在者时投下的一道阴影。

那场反叛是一个人的专有"我"的显示,它被称作欲望②,并被我们的始祖重复了。被亚当和夏娃发现的善恶知识树,也可以被称作死亡之树。

世界的罪唯有一个新亚当才能清除,他对"这个世界的王子"的战争乃是反对死亡的战争。

---

① 撒旦的形象在《圣经》里有一个逐步发展和丰满的过程。在《约伯记》里,撒旦的角色有点类似于中国的灶王爷,监管人们的行为并向上帝告密。大家不难在歌德《浮士德》开头发现撒旦仍保留着这种形象。

② 根据基督教神学,天使的反叛后来在人类始祖这里重演了。夏娃就是听了化身为蛇的撒旦的话才吃禁果的。原文 Concupiscentia 即贪欲的意思。弥尔顿在《失乐园》里对这个故事有详细的演绎。

十一、照密茨凯维奇的说法

照密茨凯维奇和雅各布·波墨的说法，亚当就像卡巴拉里的亚当·卡德蒙，神性内部的"宇宙人"。

他在受造的大自然里出现了，但是他却是天使一类的，被赋予了一个不可见的身体。

他受到了大自然的力量的怂恿，后者这样对他说（密茨凯维奇是这样向阿尔曼·列维口述的）："我们在这儿，证据、形状、事物，要求只服从你，为你服务。你看得见我们。你摸得着我们。你可以用一个眼神、一次点头来引导我们。你可曾见过比你更高级的存在？一个赋有眼神的上帝，一个能指令各成分的点头？相信我们，你是真神，你是受造界的主人。娶我们吧，让我们成为一个肉体，一个本性，就让我们结合吧！"

亚当屈从于诱惑，上帝就把他送入了深睡。

当他醒来时，他看到夏娃站在他面前。

十二、于是夏娃

于是夏娃就证明了她是大自然的代表，并且把亚当拖到了声音单调的生死轮回中。

仿佛她是旧石器时代的大地母亲，生育儿女，保留骨灰。

接着来的也许是男人对爱的诺言的恐惧，这跟死的诺言没有不同。

夏娃的这种大地性（我们的姐妹们可不答应），使得雅各布·波墨采纳了无瑕的新夏娃的假设，她接受并同意成为上帝的母亲。

请大家别忘了，波墨是在谈论一个原型世界，一个没有"之前"也没有"之后"的地带；换言之，第二夏娃并不是第一夏娃的后继者；在上帝眼中她们是肩并肩站着的。

一个变成另一个，比亲姐妹更紧密。

年轻的反教会主义者密茨凯维奇在其写出共济会赞美诗《青年颂歌》

前不久，写出了一首令人吃惊的《圣母玛利亚接受天使报喜颂》。他
颂扬玛利亚，用的是先知的话，就是雅各布·波墨的话。

十三、不奇怪

不奇怪会产生这样的思辨，
因为原罪是不可理解的，
只会变得清楚一点点，假如我们认为
亚当受到了怂恿，要成为
一切可见受造物的主人，而那受造界，
请求他跟它结合，
它这么做只是希望他救它脱离死亡。

希望并未实现，连他本人也丧失了不朽。

由此看来，原罪就好像
一场关于人的普罗米修斯式的梦，
一个有天赋的存在者，仅凭着他心灵的力量

就能创造文明，发明医治死亡的良药。

而一个新亚当，就是基督，化成了肉身并且死了
只为了把我们从普罗米修斯式的骄傲里释放出来。

这个骄傲，确实，对密茨凯维奇来说乃是一个大难题。

十四、今夜诞生的你

今夜诞生的你
使我们摆脱恶魔的权力

——波兰传统圣诞歌

谁把强胜弱汰、生命终归一死当作事物的正常秩序，谁就接受了恶魔的规则。

因此基督教不会假装赞同这个世界，因为它在其核心处看到了欲望之罪，或者用悲观主义大哲学家叔本华的话来说，"普遍意志"，他在

基督教和佛教那里找到了一个共同点：对地上居民的同情，眼泪的价值。

谁信靠耶稣基督，谁就等候他的来临以及此世的终了，那时原先的天地将废去，死亡亦不再有。

十五、宗教来自于

宗教来自于我们对人的怜悯。

他们太弱，以致没有神的保护便不能生存。

他们太弱，以致听不到内在法轮运转的尖声。

我们中间谁会接受这么一个宇宙，

在其中没有同情、怜悯、理解的声音？

成为人就是成为亿万星系中的迥异的存在者。

这就是竖立起诸多神殿的充足的理由，与别的东西一道，它们展示着难以想象的慈悲。

十六、说真的

说真的，我什么也不明白。存在的只是我们狂喜沉醉的舞蹈，巨大全体中极其微小的一部分。

他们生而又死；舞蹈却永不停息。我闭上眼睛，仿佛是为了保护他们，脱离那些冲向我的形象。

也许我只占有指派给我的一小段时间里的姿态、词语和行为。

仪式的人。注意到此，我便做"一天的主人"权限内的事。

十七、为什么不同意

为什么不同意我在宗教上并没有进步，超过《约伯书》的水平？

唯一的不同只是约伯认为自己无辜，而我看到了自己基因中的罪孽。

我不是无辜的；我想要无辜，但是不能。

我承受了强加于我的不幸，但不诅咒上帝，因为我懂得，不要为上帝将我造成这样而不是那样而诅咒上帝。

照我看，不幸就是对生存的惩罚。

日日夜夜我向上帝提问：为什么？我最终也不敢确定是否明白他那含糊不清的答案。

十八、倘若我不谙悉

倘若我不谙悉那被称作骄傲、自大、虚荣的东西，我也许会稍微严肃点地对待那壮观的景象，不把帘子拉上，像听到晴天霹雳一样。

但是那景象的喜剧性的力量是如此地不可理解
以至于死亡似乎成了对他们的自大、
游戏和骗人的成功的一种不适当的惩罚。

我悲伤地想着这一切；
我很清楚自己是这些沉迷行为的参与者。

因此，我同意，要相信灵魂的不朽是困难的。

十九、啊是的，你必须死

啊是的，你必须死。
死是浩大的，不可理解的。
万灵节：我们徒劳地想要听到

从黑暗的地下国度、阴曹地府传来的声音。
我们是老鼠在嬉戏着,意识不到屠夫的屠刀。
我的同时代人耸耸他们的肩膀,说,
当心跳停止,便万事俱休。
基督徒们不再相信有一个严厉的审判者
会把一壶壶滚烫的沥青倒在罪人身上。

我从阅读史维登堡获益。

在他那儿并没有判决自上而下,

而死者的灵魂也像磁石一样被相似的灵魂吸引过去了。

如佛教徒所说,被他们的业吸引过去了。

我在自己身上感到了如此之多隐藏的恶
以致我不能将自己从落入地狱的可能性中排除。

它也许是艺术家的地狱。

即，那些把自己的作品的完美性
看得比他们作为丈夫、父亲、兄弟、公民的义务更重的人。

二十、边界

我做了一个关于边界的梦，它难以穿越，尽管我已经不顾诸多国家和帝国的卫兵而穿越过了大量这样的边界。

在梦里，一切都是精美的，只要我们不被迫穿越边界。

在这边，是由热带林的树梢组成的一道毛茸茸的绿毯，我们飞越它，像鸟儿一般。

在那边则是虚无。没有任何可触、可看、可听、可尝之物。

我们勉勉强强地准备到那边，像流亡者在他们逃亡的遥远国度里并不指望幸福一样。

二十一、最终表现为

最终把自己表现为一个神秘小旅馆的继承人,也表现为一个不同于传说的人。

大概是一个幸运的男孩儿,在一切事上都做得成功,我在漫长、艰苦工作的一生中获得了种种荣誉。

其实,真实的情况跟表面的迥然不同,但出于骄傲和耻辱,我放弃了坦白。

求学时期,足球场上的粗野使我明白我不适合于斗争,我早早地就开始了筹划别一种生涯。

后来我经历了真实的、不是想象的悲剧,就更难以承受了,因为我认为自己并非完全无辜。

我逐渐懂得了像一个人承受跛脚那样承受不幸,尽管我的读者很难从我的作品里猜到它。

唯有一种暗沉的调子，对基督教独特的摩尼教气质的一种偏向，才能把人引向适当的途径。

还应该加上，那个个体跟二十世纪历史的纠葛，他某些行为的荒诞，他狭隘的、奇迹般的逃脱。

仿佛一个替代性的生涯已得到确认，善良的主找我要全部的作品，

我劳作，仰望伟大，我认为，达不到伟大，是时代的卑劣使然。

在别人那里发现伟大，有时包括自己，
我对自己能够得到恩赐，参与到
为有死者所做的一个超常的神圣计划里充满感激。

二十二、努力理解

努力理解信仰微弱的人。

包括我自己。我一天信，一天不信。

却在祷告的人们当中感到温暖。
既然他们信，就帮助我去信
他们的生存，这些难以理喻的存在者。

我记着他们被造得不比天使低多少。

在他们的丑陋，也就是他们实际上满心成见的特征底下①，他们是纯洁的，当他们唱歌时，一道道沉醉就会在他们的喉咙里振动。

在圣母玛利亚的雕像前最为强烈，
如她出现在罗德斯的小姑娘面前的那样子。②

---

① 原文为 Under their ugliness, which is the stigma of their practical preoccupations, 文中 stigma 可以指一般意义上的"标记""瑕疵""特征"，也可以特指天主教圣人身上的疤痕。

② 这里出现的罗德斯和下一节出现的法蒂马，都是著名的天主教徒朝拜圣母玛利亚的圣地。罗德斯位于法国西南部，据说1858年玛利亚曾在那里向一个小姑娘显现多次；法蒂马位于葡萄牙，据说1917年圣母曾在那里向三个牧童显现多次。

自然，我是一个怀疑主义者。但我跟他们一起唱，
于是克服了存在于
我的私人宗教和仪式宗教之间的矛盾。

二十三、美丽的圣母

美丽的圣母，你出现在罗德斯和法蒂马的孩子们面前，

使这些孩子惊讶的是你的可爱，不可言喻。

仿佛你希望提醒她们，美是世界的一个组成。

这我能够确认；我也曾是罗德斯岩穴的一个朝圣者，在那里你听到了
江河流逝的声音，并且在山顶纯蓝的天空里看到了一弯残月。

照见证人的说法，你站在一棵小树之上，
你的双脚约高于树梢十厘米。

你的身体并非幽灵一般，而是由某种非物质的质料构成，
因此人们甚至能够看到你衣服上的纽扣。

圣母，我求你给我一个奇迹，尽管我深知

我是来自这么一个国家，在那里你的圣所
被用来强化一个民族的幻觉，提供避难所
保护人们脱离敌人的侵略——正如异教的女神所为。

我出现在这样的一个地方跟我作为一个诗人的身份相违

诗人不应该讨好大众的想象。

但是他想要保持对你的深不可测的意图的忠诚

当你向法蒂马和罗德斯的孩子们显现。

第四部分

学徒*

一

在马里昂巴①的草坪间
一个年轻人在走路。
倾斜、微弯、头发黑黑。
他挥动手杖,尽管面露哀伤。
他不喜欢"美好时代",
难以容忍他那些从丁香园咖啡馆和
卡利萨亚酒吧②里出来的诗人朋友们。
他情愿生得早一些,像拜伦爵士,

---

* 本诗主人公是一个我称之为导师的人。因此适合于我自己的称呼就是学徒了。诗里只涉及我们两个人的关系,并非指行会或任何别的机构里的学徒。——原注(本诗脚注多为原注,个别为译者所加说明。)

① 在一战前,国际社会都蜂拥入这个波希米亚小镇求其名"水"。1906年,奥斯卡·米沃什的母亲在卖掉她在捷利亚的不动产后,从那里搬到华沙。她和她生活在巴黎的儿子有时会在马里昂巴见面,包括1911年。——原注

② 这两个馆子是晚期象征派诗人们常去的地方。莫里亚斯和晚年王尔德是卡利萨亚酒吧的常客,这个酒吧是"巴黎第一家美国酒吧"。奥斯卡·米沃什在英语环境里常常精神很好,在那里他结识了高斯和巴妮。巴妮在今天都还因她挑衅性的同性恋作派而闻名,在那时她经营了一个相当势利的文学沙龙,1913年她邀请奥斯卡加入。她也成为了他亲近的柏拉图式的朋友和知心女友。——原注

他的许多诗节他牢记在心。
或至少生在*他祖父母*①的时代，
英勇的亚瑟和美丽的娜塔利亚·塔西斯特罗，
一个古老的热那亚家族的女儿。
他不能接受他有这样的一个父亲②：
一个体格健壮的、暴力的唐璜。

---

① 他在文中谈到了他们，现今可在巴黎的立陶宛公馆档案里找到。关于亚瑟："官员，19岁时在波兰—立陶宛枪骑兵团，参加了1831年反俄国人的战役。在奥斯特罗利卡一役中他的左腿因被炮弹炸掉而失去。他娶了一位非常优雅而有天资的意大利女歌手，她是米兰·斯卡拉的指挥家的女儿，他们来自一个古老但家道中落的热那亚家族。我有我祖父的信，它们可以证明他的善良心肠和良好教育。他视妻子为魅力和所有美德的楷模。我的祖父和祖母是一对特别优美而高贵的夫妇。我本来该正常地投向我父母的所有感情，由于奇怪的巧合和心理的复杂性，我都投向我祖父母了，我对他们的爱也反映在了我的人格里。可以说，我是亚瑟·米沃什和娜塔利亚·塔西斯特罗在生理上和道德上的混合体。"——原注

② 亚瑟和娜塔利亚的儿子弗拉迪斯拉夫·米沃什，1838年生于维尔诺。他因为他古怪的外表、力量、冒险家的生活方式和对女人的征服而成为19世纪社会编年史上的传奇。他把偶然在路上遇到的一个犹太美女带回到捷米亚。米利安·罗森塔尔1858年生于史坦尼佐夫。因此比他的引诱者要小20岁。根据儿子的见证："我从来不能够对我的父母亲表达柔情。我的父亲是一个狂暴有病的男人。我的母亲过分物质、思维狭窄，总是惹恼我，搞得我很小时就形成了一个习惯，躲藏在公园和花园最难找的地方，以消除因她的出现而引起的情绪。"我们要注意，出生于1877年的奥斯卡，其受洗和第一次领圣餐到了1886年才在华沙的亚历山大教堂发生。——原注

或占有欲太过强烈的母亲，米利安·罗森塔尔。
在捷利亚他会躲到半废弃了的公园的灌木丛中。

在我看来，这个人的传记，其重要性
正如圣徒和先知的生平，
因为它远不只是有文学上的兴味。
真的，他本人很长时间内都不知道他的天职所在。

我曾经读过关于他的书，以及他的同代人的见证，
在我的想象中造访
沙俄帝国衰落时期的地域。
黑松鸡、驼鹿和熊的家乡。①

---

① 捷利亚的地产包括未受斧斤之伐的森林。1909年柔巴在维尔诺出版的《立陶宛和白俄罗斯指南》给出了如下信息："捷利亚镇位于森诺地区，是莫伊列夫地方政府所在地，傍湖，离森诺30俄里。一度是萨皮豪斯家族的巨产，该家族人口超过3000。该镇商业十分发达，最近的铁道站是莫斯科—布列斯特线上的克鲁普卡，距离35俄里。主要出口产品：木材和木材加工品。地方教堂由石头造成，上面有一张奇迹般的使徒圣米歇尔的画像。一个地区办、一所学校、一家药铺、一个财政办。目前该地产的主要部分，大约6000德沙丁大小，是米沃什家族的财产。土壤是肥沃的黏土。"我这里对当地居民的描述转述自奥斯卡。我在《找寻一个故乡》中引述了他的话。——原注

师父们喝酒、打猎、玩牌。
附近有白俄罗斯农民，脸孔凹陷，
眼神里的敌意转瞬即逝，
还有犹太人，被不幸损害，
他们的女人有着女巫的眼睛，
斜乜着，包扎在披巾里，
像动物般死于难产。

米利安的儿子受着极少数人的心脏所受的苦。
"冷而癫狂地在屋子里漫无目的地踱步。"
他总是带着感激记起他的保姆，
来自阿尔萨斯的好玛丽·韦尔德，
她为就业才来到这些榛莽之地。
至于他的导师，多波辛斯基先生，他要为
他的学生的长诗[①]负责，

---

① 学生在其童年时期即已学习法语和德语，并将变成一个用法语写作的诗人。但他却未放弃波兰语，这可由如下事实证明：他将密茨凯维奇的歌谣《百合花》译成优美的法语，他用波兰语写了一卷诗，在1904年交给了华沙一个出版商，但手稿今已佚失。——原注

关于科苏尔曼战役和索别斯基王的那章。

将他独自留在巴黎的一家中学
*也许是一种残忍的行为。*①
他成长为一个法语诗人，带着业余爱好者的污名，
因为他也继承了传说般的财产
*大如桅杆的松木之林*②。那可是一个糟糕的组合。

*在一九〇一年一月的第一天，*③
就是二十世纪的开头之日，
漠然地，嘴里叼着一支香烟，
他朝自己的心脏开了一枪，医生不给他希望。

---

① 1889年他的父母把他带到巴黎，留下他寄宿在赛伊利中学。后来他住在著名教员帕蒂特教授的家里。——原注

② 捷利亚地区森林里的松树又高又直，大多出口到英国，用来造船。捷利亚的地产财富就是这样子。在一战前，奥斯卡作为一个很富有的、将写诗当作爱好的业余爱好者名声在外。这导致一些不愉快的误会，比如，当他拒绝赞助纪德的一个戏剧首排时，纪德发誓报复他，并在几年后看着米沃什的著作被巴黎出版商伽利玛否决。——原注

③ 这一信息摘自奥斯卡写给高斯的一封信，落款为1901年2月12日。米沃什其时23岁。——原注

我或许会留下来,只不过再没有钦佩的老师了。
我们或许会成为一个小宗教修会,正如我们业已成为的一样,
"记忆的太阳"的追寻者,①
他的《大法》一书②的读者。

二

我常常想到威尼斯,它回旋着就像一个音乐主题,
从我战前第一次到访,
在丽多岛海滩上看到

---

① 存在的秘密藏在血液的运动里,但人们却失去了关于它的知识。在《记忆》一诗中,米沃什写道:"我的儿啊,这就是那创造了上帝和宇宙的人,所称之为本能或自我保存的本能的东西,这就是位于独一无二空间中的我们所称之为记忆的太阳的东西。"——原注

② 那本书的名称曾用来指炼金术,是1924年在巴黎出版的。由五首形而上学诗歌组成:一、《给思多格的信》;二、《记忆》;三、《数字》;四、《大骚动》;五、《光明》。《给思多格的信》写于1916年。思多格是一个希腊词,是指父母对子女的亲情。作者带着这种亲情走向将来的世代。我已将《大法》和另一篇论文—诗《秘密》从法文译为英文,编进了《高贵的旅行者》一书,它是奥斯卡·米沃什著作的一个选本,1984年由林迪斯法出版社出版。《大法》的波兰文翻译构成了我的书《思多格》(亲情)的一部分,这本书1993年由兹纳克出版。《给思多格的信》对宇宙进行了阐释,显然是在呼应爱因斯坦的相对论,即便作者当时并没有意识到爱因斯坦的发现,这意味着对永恒空间和永恒时间(即牛顿的宇宙论)的拒绝。——原注

以德国女孩面孔出现的女神戴安娜①,
直到上次,*在我们埋葬了约瑟夫·布罗茨基之后,*②
在莫切尼哥酒店宴饮,③ 那里
曾是拜伦爵士居停之地。
在圣马可广场上有咖啡店的坐椅。
那是孤独的漫游者奥斯卡·米沃什
在一九〇九年面对宣判之地:
他看到了他一生的爱,艾米·冯·海涅·杰尔顿,④
直到他死他都称呼她"我至爱的妻子",
她嫁给了男爵利奥·萨尔沃提·冯·艾辛克拉夫特·冯特·宾登堡

---

① 一个美丽的德国女孩,出现在我 1987 年的"关于诗歌的六个讲座"中。——原注
② 布罗茨基 1996 年死于纽约,根据他的遗愿,他的尸体被运往威尼斯,于 1997 年 6 月 21 日葬在圣米歇尔墓地。具有悖谬意味的是,他的坟墓跟庞德的相邻。——原注
③ 拜伦于 1818 年在那里住了些日子,1819 年上半年他在那里开始写《唐璜》。——原注
④ 她于 1890 年生于维也纳,是男爵古斯塔夫·冯·海涅·杰尔顿与其妻子、诗人海涅的亲戚维真涅所生之幼女。她在 1960 年代死于维也纳。奥斯卡把她称为他的"天妻"。由于他母亲从中作梗——我们不知道其反对的原因为何——两人从未结婚。当艾米在 1910 年嫁给别人时,奥斯卡 33 岁。因此,难以怀疑他是屈从于母亲的意志。——原注

并于世纪后半叶死于维也纳。

在为上帝和人的荣光而作的赞美诗
就是《米格尔·马纳拉》①中
他新增了一个人物——米格尔的妻子，
年轻的 季若拉玛②，由于她

---

① 这出神秘剧是由奥斯卡在1911年年尾时写的，1912年发表在《新法兰西评论》上。唐·米格尔的原型是一个历史上的唐璜式人物米格尔·马纳拉·文森特罗·德·利卡，他于1629年生于塞维利亚，死时是一个悔改了的罪人和一位圣僧。教皇约翰保罗二世于1986年授予他"上帝之仆"的称号，这是通往被列入真福品的第一步。——原注

② 《米格尔·马纳拉》的波兰文译者布朗尼斯拉娃·奥斯特罗斯卡及其丈夫斯坦尼斯拉夫·奥斯特罗斯卡在1912年时是位于巴黎德费尔特·罗切欧路的波兰艺术家协会会员。奥斯卡是这个协会的创始人之一。第一次世界大战的爆发使得译本的出版不可能了，直到1919年它才被包括在米沃什的一个诗集《诗》里，由波兹南的兹德鲁伊出版。奥斯特罗斯卡的《米格尔·马纳拉》译本归属于波兰戏剧史。这个译本在戏剧导演中获得了许多景仰者，包括霍尔茨卡、席勒、朱利乌茨·奥斯特洛瓦、比尔斯基，还有拉普索迪剧组成员柯特拉茨克和沃伊蒂那，就是后来的教皇约翰保罗二世。朱利乌茨·奥斯特洛瓦准备着手导演这出戏，感到季若拉玛这个角色只能由一个本身已近于圣徒的女演员来扮演，这个条件耽误了戏的上演。奥斯特洛瓦剧院"利都塔"里面的别斯基于1935年为波兰的"想象剧院"导演了一个电台版。奥斯特洛瓦在1937年和1938年在华沙导演了这出戏的公开朗读。非官方的首演也许是在1937年由华沙的国家戏剧学院的学生上演的。官方的首演则要晚到1991年才在茨泽亲的"当代剧院"上演，导演是果尔斯基。奥斯特罗斯卡的翻译得以重发，一起印发的还有奥斯卡的另外两个神秘剧《米非波设》（米非波设，《圣经》人名，见《撒母耳记下》4:4）和《大数的保罗》，它们是由斯拉温斯卡翻译的，1999年由卢布林的天主教大学出版社出版。——译注

朱利乌茨·奥斯特瓦不能在利都塔剧院演戏，
因为他找不到可以扮演这个角色的女演员。

我读布朗尼斯拉娃·奥斯特罗斯卡翻译的《米格尔·马纳拉》
时年十四。事情就得如此。
我为季若拉玛的美着了魔。这对我没有好处，
因为它怂恿我追求完美的爱情，
那是灵魂罗曼蒂克的镜像
能够从那冒险中安全归来的人寥寥可数。

在对爱情的这种绝对化当中，我看到了
厌女症的结果，
将理想女性和真实女性对立的习惯。

故此威尼斯扬起帆像一艘巨大的死亡之船，
在它的甲板上是变成了幽灵的拥挤不堪的人们。
我在圣米歇尔墓地约瑟夫的坟边和庞德的坟边道了永别。
当然，城市也准备好了迎接尚未诞生的人们
从他们的角度看我们也将成为谜一样的传奇。

三

我逐渐相信他所说的都是真的。
我是一个倾向于崇拜的人,
确信一个人可以辨别出伟大
而且应该保守秘密。

我知道他犯了"绝望"的罪。
在怜悯他时我转而对自己发生了怜悯。
然而从至高处接受了圣骨①的是他
他的骄傲是一个王的骄傲。

诺贝尔奖②对于小人物可说足矣。
却不足以夸奖那献出了不可思议的礼物

---

① 这里前面几行中的"圣骨"原文为 Sacra,是 Sacrum 的复数,原意是人的骶骨,在旧时曾被用作祭品。——译注。
② 当某位波兰作家在1980年获得诺贝尔文学奖时,一些法国报纸认为,它是被颁给了一位被认错了的米沃什。——原注(本诗作者米沃什这是在自谦。法国报纸是在为他的堂兄奥斯卡·米沃什抱屈,当然这么说也含有一些幽默成分,为米沃什家族人才辈出叫好。——译注)

并且宣布了罗马教会全球性胜利的人。

我们曾经被指控保存了那礼物
并保护着它,与大众传媒的噪音区隔开来。

四

在他写给克里斯蒂安·高斯的一封信里,①
他描绘了他在捷利亚的四季。
夏天在森林里骑马,冬天读书。
在一盏有着绿玻璃暗影的灯下吸着烟斗,
他重读了叔本华、康德和柏拉图,
如他所说,在西班牙旅行时带着堂吉诃德,
在意大利旅行时带着海涅。

是在那时他在波兰语、法语、德语和英语外加上了俄语,
观察着一九〇五年革命发生,
它促成了他后来关于共产主义的看法:

---

① 这封描写了他在捷利亚居停的信写于 1904 年 1 月。——原注

"为微小的社会进步，流太多的血。"

许多年后，我碰巧在拉布那瓦的一家模范集体农庄①过了一夜，我藏着一抹微笑，因为我记得他怎样*把我们的家族神话化*，②说它来自于*拉布诺沃以及汉奴舍维茨还有塞尔宾尼*③。

---

① 我在1992年在那里度过了一夜，因为在邻近的克代来镇没有宾馆。这是我在时隔52年后第一次回立陶宛。——原注

② 奥斯卡写道（在立陶宛档案里）："自从我们家族的两支分开后，虽然时间过去了150年，立陶宛的米沃什家族和白俄罗斯的米沃什家族的热忱的联系却从未变弱。在我很小时，我父亲就在我心中灌输一种依恋之情和尊重之感，这也是我们的白俄罗斯分支对立陶宛分支的感情。"——原注

③ 关于拉布诺沃，在立陶宛的拉布那瓦，我们在柔巴写的《立陶宛和白俄罗斯指南》里读到："拉布诺沃是在聂维阿扎河和别鲁皮阿河汇流之处的一个村庄和庄园，在科诺治府和科诺地区。一个美丽如画的乡村。木质的地区教堂是由扎别罗家族建起来的。大约4000德萨丁的非常肥沃的土地是扎别罗伯爵的财产。在聂维阿扎河边有一个精美的砖制的宫殿，旁边带有一个公园。河上有渡船。"塞尔宾尼与拉布诺沃相邻，是米沃什家族的祖地。汉奴舍维茨也一度是他们家族的财产。但他们是否曾经拥有拉布诺沃则无从得知了。——原注

我觉得没有关联，除了也许跟韦德兹阿哥拉的墓地有一点点。①

五

我还很年轻，当我第一次为"永存的物质"，

以及"永远向后也向前延伸的时间"的观念感到沮丧。

它跟我的上帝作为"创造者"的形象相抵触，
因为在一个无限持续的宇宙里，他能做什么？

因此我读《给思多格的信》②就如读一个启示录，
得知时间和空间有一个开端，
得知它们在一次闪光里跟所谓"物质"一齐出现，

---

① 立陶宛的韦德兹阿哥拉离拉布诺沃和塞尔宾尼有几公里，曾经一度有小贵族们在那里扎堆盖屋居住，1918年他们甚至试图建立一个独立的"韦德兹阿哥拉共和国"。直到相当晚近的时候，17、18世纪米沃什家族的一些坟墓仍在那里保留着，我的祖父亚瑟·米沃什的坟墓也在那里，他叫这个名字也许是为了荣耀他在白俄罗斯分支的堂兄。——原注

② 这首诗提出了一个假设，宇宙起源于一次难以想象的闪光，它产生了空间、时间和物质。几十年之后，大爆炸理论提出了相似的假设。——原注

正如中世纪从牛津到沙特尔的学者们都曾经猜测过的,①
通过一次质变,神圣之光就变成了物理之光。

这多么巨大地改变了我的诗!它们是对时间的沉思
自那一刻起,在时间的沉思背后,永恒开始泄露。
尽管我对自己的写作不满意,它是临时的,
就是说,在它之中最重要的事物还隐而不露。

当然,我为愚蠢和冒犯感到罪过。
我宣告一个女人的名字就好像她站在我身旁。
但我却不能坦承我的生活,
因为在我自我中心的毕生之作中,善和恶太深地纠缠在一起。②

---

① 牛津和沙特尔的学者们认为,在世界被创造之前,存在非物质的神圣之光。上帝所造之光就是这一非物质之光的质变。——原注

② 艺术作品的创造以令人吃惊的二元论为其特征:一方面它是一种完全无利害的活动,甚至利他主义的活动,其构成在于使自己超脱于自己;另一方面它又在于不断喂养一个人的自我中心的抱负。只要创造性的工作进到了一个人的生活当中并且提出它的要求,诚实的自我省察就会变得非常困难。全集也并不能使一个人免罪。但尽管它将诸多复杂性引入到了一个生活之中,却尚不算十分"自我中心的"。——原注

六

许多个下午在索邦图书馆,
我聚精会神地阅读一本
关于米沃什的神秘主义的博士论文。
它的作者,一个名叫史丹利·盖斯的美国人,
在放弃他在巴黎的学术生涯后,
回到美国成了一名园丁。

他的论文忠实地复制了
奥斯卡潦草地写在 英文版史维登堡著作①边上的笔记。
笔记用的是法文、英文,
感情激动时用的是波兰文。

---

① 笔记主要是写在《真基督宗教》的页边,这本书被分成数段。一些笔记来自另一本书《婚姻之爱》。尽管他视史维登堡为天上的向导,对后者关于天堂和地狱的描述却不乏批判,认为它们只是试图摆脱令我们如此分心杂乱的空间。他还批注道:"我不喜欢有人这样说话,好像他每星期都跟上帝共进早餐似的。"但他仍然认为史维登堡有一种天赋,能够看到他自己也曾经体验过的事情。——原注

比如当他发现某种属于他自己的原创思想时，
他会宣称："以圣父、圣子、圣灵之名。
阿门。一九一四年十二月十四、十五日之交的夜晚。"①

他还用波兰文对史维登堡"精神的太阳"做了评论：
"我的太阳从我眉头升至头盖骨顶端，
因此它也许是耶和华的天使。"

他把歌德称作他精神的向导，
史维登堡称作他天上的向导，
尽管他幽默地对待他关于天堂和地狱的描述：
"我的神啊，"他写道（用法文），"把我送到任何你喜欢的地方吧，
但别送到英国的天堂里，
（或俄国的地狱里）。
让我成为给普鲁士天使擦皮鞋的孩童吧，
只要不进英国天堂啥都行，
只要不进英国天堂啥都行！"

---

① 他在《给思多格的信》中提到了这次神秘体验。——原注

出人意料地，但显然跟史维登堡一样，
——后者斥责罗马天主教有三个上帝——
他发现，就像在他之前的威廉·布莱克一样，
旧约里的上帝 肯定人性，①
这上帝从无量数的世界里选择了地球这个星球。

"基督是耶和华，成了肉身，
使人们接触得到：唯有通过子
我们才接近父；子和圣灵
只不过是父的属性——
这是史维登堡的全部教义。"

在一九一四年十二月的夜晚之前他从未读过神秘主义。

---

① 史维登堡批评三位一体教义，因为它是完全不可理解的，在实际上也导致三神论。作为替代，他写道："基督是人可接近的耶和华。"这种观点跟天主教教义是有区别的，关于这在神学上曾有漫长的争议。——原注

也许是从史维登堡那里他采用了亚当和夏娃的象征①，
以及他自己版本的 堕落，在那里一切的第一性质②
都被变成了第二性质，令人悲伤。

有一个问题我始终不明白，因为史维登堡
谈到前亚当的文明和亚当的文明，
因此人就免不了要问，是否对这些人来说
狮子真的与羔羊同卧？

人类应该接近，带着战兢与敬畏，

---

① 史维登堡以千年为期将文明的时间分为几个"教会"组成的序列，即前后相继的诸文明。在其著作中，亚当象征着"亚当族"的原始文明。——原注

② 奥斯卡深深地相信（跟天主教教理问题一致），在天堂里，本性（Nature，或译"自然、性质"——译注）是完美的，也不知道何为死亡。亚当的堕落不仅改变了人的处境，使他变成有死者，也将死亡和苦难引入到了整个自然。自那一刻时，一个痛苦的第二性质就在悲伤并渴求回到它失去的快乐，这快乐只能通过人来重新获得。请注意：在这里我们看到了圣经宗教彻底的人类中心主义。——原注

那*最深的奥秘*①，一个男人和一个女人的合一。
它乃是造物主对受造物那难以言喻的
爱的揭示。
二十世纪失去那一记忆是不幸的。
他们将歌中之歌变成了性游戏。

米沃什拒绝史维登堡对*灵性空间的物质化*②，
拒绝认为天堂地狱跟我们地上的空间平行，
但他将他的导师尊为信使
后者为基督徒带来了重要的消息。

---

① 男人和女人的结合在史维登堡的体系中占据了一个核心的地位，这体系从整体上看是高度色情的。奥斯卡有一种相似的外观。尤其可参看他的《大法》中的"记忆"一章。在《圣经》中这方面最重要的经文是歌中之歌（雅歌），在那里肉体之爱同时也是造物主对受造物之爱的一个隐喻。——原注

② 即对奥斯卡来说，史维登堡对超验世界的描述就跟但丁对地狱、炼狱和天堂的描述相似。他们来自于一个基本的人类需要，即"定位"，将我们所有的形象都划归到某个空间位置中去。——原注

七

以优雅法文写就的*外交照会*①,
在国际联盟前的讲话,
一篇关于未来欧洲合众国的论文,
警告一场大战正骑在末日大劫的红马上
迫近,一场大战将从格但斯克和格丁尼亚开始。
这个象征派诗人,他所做的一切,作为对人类的义务
只是对他个人的白日梦表示悔悟的一个行动。
他选择立陶宛,一个由结实、勤劳的农民构成的小国家。
他在想象中温柔地向每一个男人、女人和孩子俯身。

---

① 奥斯卡致力于立陶宛的独立,他是立陶宛参加凡尔赛和会代表团中起决定作用的人物。法国人对来自立陶宛代表团的外交照会的老练感到惊讶,对它颇为注意。对奥斯卡来说,他之努力帮助立陶宛也实现了他服务于人类的愿望;这个愿望可从1914年神秘之夜事件后写的诗中看得出来。他成了立陶宛派驻巴黎的第一个大使,活跃于国际联盟。(他在那里的一个对手是著名的波兰历史学家、出身犹太名门望族的钦蒙·阿斯肯那基,两人就维尔诺城的归宿问题发生激辩。钦蒙坚持维尔诺应该归波兰,奥斯卡则宣称它属于立陶宛。两人用波兰语争吵。)因此他不仅是通过词语,而且通过行动实现了他的人生。在他的政治著作中,他提出了欧洲合众国的观念,并提醒人们提防德国人,他说,德国人的民主不过是一种表面上的民主。在1939年事件发生十年之前,他就预见到了战争将在波兰和东普鲁士之间的走廊地带爆发。——原注

就该如此,我们在每日的忙碌中度过此生,
试着跟我们的命运线吻合一致。

八

*宗教在我心智中不再是一个民族的仪式。*①

剩下来的事只是沉思基督教的两个千年,它的子民和土地。

它的教义,和以它的名义犯下的罪行和蠢事。

但也沉思英雄人物前赴后继的行动,

圣徒,以及后来跟圣徒相提并论的异端们的行动。

我不敢给自己派上神父的功能。

---

① 我在高中时的宗教危机使我丧失了对波兰天主教的安全的信仰,让我走上了寻求之路。在这寻求之中,奥斯卡的指引虽不是排他的,也是相当重要的。——原注

*我不过是一个炼金术师父的学徒。*①

*比如，在佛罗伦萨，*②*在大约公元一五〇〇年*

那时人文主义者正在阅读《光明篇》和别的卡巴拉著作。

*或者在里昂*③，那时女士们正在一家可追溯至圣殿骑士的小旅馆听莫扎特。

地点和时间对于我是同时的，

---

① 我认为奥斯卡是炼金术士和玫瑰十字会的继承人，正如他在作品中所展示的。这与我对神秘的需要并非没有关联。他毕竟也认为神秘性是诗歌中的一个重要的组成要素。——原注

② 大约在这时开始了与文艺复兴科学进步相契合的那些神学的和神智学的思辨。那时的新柏拉图主义者贪婪地阅读着卡巴拉的著作，发现许多观念跟他们自己的直觉相似。1492 年犹太人被从西班牙驱赶出来，这促进了欧洲人跟犹太教的接触，并在 16、17 世纪丰富了雅各比·波墨和帕拉塞尔苏斯的思想。——原注

③ 18 世纪"神秘小旅馆"，即共济会群体，知道他们不满理性主义，想要寻求对基督教的秘传解释。这些小旅馆中的主要人物是帕斯·夸利斯和圣·马丁，两个人都对亚当·密茨凯维奇有强烈的影响。18 世纪的共济会小旅馆喜欢把自己视为圣殿骑士团的继承者和复仇者。——原注

融合在星球运动的迷宫里。

我触摸扇子,我听到裙子的飒飒声,

我过去常常戴上面具,变换服装。

整个世界的安排对我的心脏来说是不祥的。

*就像阿尔比派*①,我渴望得到解放。

但是思多格,一种保护性的爱,给我指教,

而我学会了感恩。

九

在很长的时间里我曾试图找到为我准备的使命。

---

① 阿尔比派或纯洁派认为物质世界是彻底邪恶的——在这点上他们是摩尼教的后继者——他们允许通过绝食即所谓"神圣饥饿"来自杀。——原注

假如它对于我谦逊的力量不是太过困难。

我观察我时代的腔调和风格

为了在我母语的诗歌里反对它,

这意味着不许它丧失等级感

而等级意味着一个孩子所意味的:

一种敬重,而不是一系列出现又消失的偶像。

崇高并不和名声或金钱站在一边。

但它持存,它在每一代人里都更新自己。

因为在思想里某些灵魂的伟大总是在不断诞生。

因此知道怎么重复歌德的话是重要的:

尊敬!尊敬!尊敬!

第五部分

俄耳甫斯和欧律狄刻

站立在冥府入口处人行道的石板上
俄耳甫斯在一阵狂风里弓着背
这风撕扯着他的外衣，在阵阵雾气里翻滚，
摇晃着树的叶子。汽车的前灯
在不绝的雾涛里一时闪耀，一时黯淡。

他停在了玻璃门前，把不准
自己是否强大得足以通过那场终极试炼。

他记着她的话："你是一个好男人。"
对此他并不全信。他清楚
抒情诗人们常常有冷酷的心。
这就像医疗中的状态。艺术之完美
常常要以这般的折磨作为代价。

唯有她的爱令他温暖，使他成其为人。
与她在一起，他的自我感觉也大为不同。
现在她死了，他无法忘怀。

他推开门,发现走进了一座迷宫,
到处是长廊和电梯。铅色的光不是光而是大地的黑暗。
电子狗无声地掠过。
他下降了许多层,一百层,三百层。

他发冷,意识到他是在"乌有之所"。
在千万个冰结了的世纪之下,
在代代人老朽于其上的尘封的小径上,
在一个看起来没有底也没有终的国度里。

成群的幽灵围绕着他。
他辨认出了其中的一些面孔。
他感受到了血流的节奏。
他强烈地感受到了他的生命及其罪过
害怕碰到那些他伤害过的人。
但他们早已失去了记忆的能力
只是给予他漠然的一瞥。

他以一把九弦的竖琴作为护身的武器。

他把大地的音乐携在琴中,以此对抗
那将万籁埋葬于寂静的无底深渊。
他把自己交付给音乐,听命于
一支歌的谕旨,凝神地听,
似他的竖琴,变成歌的器皿。

于是他来到了那块土地的主人的宫殿。
珀尔塞福涅,她的花园满是枯萎的梨树和苹果树,
它们黑乎乎的,树枝光秃,细枝多瘤,
——她坐在阴沉的紫水晶宝座上,听他唱。

他唱了早晨的明丽和蓝色的河流,
他唱了玫瑰色的曙光中烟雾缭绕的河水,
唱了颜色:朱砂、洋红、烧焦的赭色、蓝色,
唱了在大理石悬崖下于海中游泳的愉悦,
唱了在喧嚣的渔港露台上的宴饮,
唱了葡萄酒、橄榄油、杏仁、芥子末、盐的滋味。
唱了燕子和猎鹰的飞翔,
唱了海湾上鹈鹕步武高贵的群集,

唱了夏日雨中一抱丁香的香气，
唱了他总是遣词造句抵抗死亡
还唱了他未曾押韵赞美虚无。

我不知道——女神说——你是不是爱她。
但你却来了这里救她。
我会把她送还给你。但有几个条件：
不允许你对她说话，或者在回去的路上，
你一次也不能回头望，以确证她在你身后。

于是赫尔墨斯将欧律狄刻带上前来。
她的脸不再是她的，极其地灰暗，
眼睑低垂在睫毛的阴影下。
她僵硬地迈步，被向导的手
领着。俄耳甫斯多么地想
呼唤她的名字，将她从那睡眠中唤醒。
但他克制住了，因为他接受了条件。

这样他们就出发了。他在先，然后不远处，

是神①的凉鞋拍地的声音，和她那被尸衣般的长袍
拘束的双脚发出的轻微的嗒嗒声。
一道陡峭的上坡路在隧道四壁般的黑暗中
浮现，磷光闪闪。
他会停下来谛听。但马上
他们也会停下来，于是回声消逝了。
而当他走动，后面双重的脚步声也会重新响起。
有时似乎近一点，有时又似乎远一些。
在他的信念里冒出了一抹怀疑
纠结着他像冷冷的杂草。
他本不能哭，却为人类丧失了对
死者复活的盼望而哭，
因为现在他跟所有的有死者一样。
他的竖琴沉默了，他却仍在梦想，毫无防备。
他清楚他必须有信仰，但他却不能有信仰。
因此他才会坚持很长的时间，
在半睡半醒之际点数着自己的脚步。

---

① 这里"神"指赫尔墨斯，他是欧律狄刻的向导，领着她走路。

天正破晓。巉岩的形影
在地府出口发亮的井眼中跃现。
事情发生正如他所期待的。他掉转他的头
他后面的小径上空无一人。

太阳。天空。天空里白色的云朵。
只是在此时万物才向他叫喊：欧律狄刻！
没有你我怎么活下去，我的安慰者？
但是有一阵药草的香味，蜜蜂低低的嗡鸣，
他倒头入睡，面颊贴在被太阳烤暖了的地上。

"蓝色东欧"译丛（部分书目）

第 一 辑

- **《石头城纪事》**（小说）
  【阿尔巴尼亚】伊斯梅尔·卡达莱 著

- **《错宴》**（小说）
  【阿尔巴尼亚】伊斯梅尔·卡达莱 著

- **《谁带回了杜伦迪娜》**（小说）
  【阿尔巴尼亚】伊斯梅尔·卡达莱 著

- **《石头世界》**（小说）
  【波兰】塔杜施·博罗夫斯基 著

- **《权力之图的绘制者》**（小说）
  【罗马尼亚】加布里埃尔·基富 著

- **《罗马尼亚当代抒情诗选》**（诗歌）
  【罗马尼亚】卢齐安·布拉加等 著

第二辑

- 《我的疯狂世纪》（传记）
  【捷克】伊凡·克里玛 著

- 《我的金饭碗》（小说）
  【捷克】伊凡·克里玛 著

- 《一日情人》（小说）
  【捷克】伊凡·克里玛 著

- 《终极亲密》（小说）
  【捷克】伊凡·克里玛 著

- 《等待黑暗，等待光明》（小说）
  【捷克】伊凡·克里玛 著

- 《没有圣人，没有天使》（小说）
  【捷克】伊凡·克里玛 著

- 《花园里的野蛮人》（散文）
  【波兰】兹比格涅夫·赫贝特 著

- 《带马嚼子的静物画》（散文）
  【波兰】兹比格涅夫·赫贝特 著

- 《海上迷宫》（散文）
  【波兰】兹比格涅夫·赫贝特 著

- 《父辈书》（小说）
  【匈牙利】瓦莫什·米克罗什 著

第三辑

- 《乌尔罗地》（散文）
  【波兰】切斯瓦夫·米沃什 著

- 《路边狗》（散文）
  【波兰】切斯瓦夫·米沃什 著

- 《第二空间——米沃什诗选》（诗歌）
  【波兰】切斯瓦夫·米沃什 著

- 《无止境——扎加耶夫斯基诗选》（诗歌）
  【波兰】亚当·扎加耶夫斯基 著

- 《捍卫热情》（散文）
  【波兰】亚当·扎加耶夫斯基 著

- 《索拉里斯星》（小说）
  【波兰】斯塔尼斯瓦夫·莱姆 著

- 《遗忘的梦境——查特·盖佐短篇小说精选》（小说）
  【匈牙利】查特·盖佐 著

- 《流星——卡雷尔·恰佩克哲学小说三部曲》（小说）
  【捷克】卡雷尔·恰佩克 著

- 《神殿的基石——布拉加箴言录》（箴言）
  【罗马尼亚】卢齐安·布拉加 著

- 《十亿个流浪汉，或者虚无——托马斯·萨拉蒙诗选》（诗歌）
  【斯洛文尼亚】托马斯·萨拉蒙 著

• 部分书名为暂定，以出版时为准 •